o fogo liberador

pierre lévy

com a colaboração de
darcia labrosse

o fogo liberador

tradução
lilian escorel

ILUMI//URAS

Título original:
Le feu liberateur

Copyright © desta edição 2000:
Darcia Labrosse

Copyright © desta tradução e edição:
Editora Iluminuras Ltda.

Capa:
Fê
sobre *Allegoria di Venere e Cupido* (1540-45), óleo sobre madeira [146,1 x 116,2 cm], Agnolo Bronzino. Londres, The National Gallery.

Revisão:
Rose Zuanetti

Filmes de capa:
Fast Film - Editora e Fotolito

Composição e filmes de miolo:
Iluminuras

ISBN: 85-7321-119-9

Nosso site conta com o apoio cultural da via net.works

2000
EDITORA ILUMINURAS LTDA.
Rua Oscar Freire, 1233 - CEP 01426-001 - São Paulo - SP - Brasil
Tel. : (0xx11)3068-9433 / Fax: (0xx11)282-5317
E-mail: iluminur@iluminuras.com.br
Site: http://www.iluminuras.com.br

sumário

prefácio à edição brasileira 11

advertência 19

o livro da centelha

a porta aberta 23

o capítulo do pensamento
Tudo começa pelo pensamento 25
A intenção 26
Os pensamentos são como sonhos 28
Sair da confusão 31
Meditação 33
Ver as coisas tais como são 36

o capítulo do coração
A sabedoria que anda atrás 39
Sentir 42
A emoção, o toque da alma 44

Ecologia do sofrimento 47
Um só coração para todos os humanos 51
O amor 56

o capítulo da presença
O pensamento e o instante 63
Miséria do homem 65
O medo e o instante 66
O instante 67
O presente é inútil 70
O presente é generoso 71
O presente é belo 72
A grande igualdade do instante 73
O tempo não passa 76

o livro do incêndio

a encarnação 83

o capítulo da identidade
Sair do labirinto 85
Problemas de matemática afetiva 87
As condições 89
O escravo dos pensamentos 91
A duplicidade 92
A separação 94
A vitória e a derrota 96
O bem e o mal 97
Potência 99

o capítulo dos venenos
O sofrimento é só um pensamento 101
A irritação 107

A acusação e a culpa 111
A justificação 116
O triplo antídoto 119

o capítulo do mal
O sofrimento é um vampiro 123
O sistema do mal 125
Os maus existem 127
Desconfie dos mortos-vivos 128
Da servidão voluntária 132
A mentira 134
As relações tóxicas 137

o capítulo da ética
Cuide de sua felicidade 141
Seja senhor de si 142
Frustre o sofrimento 143
O obstáculo é o seu caminho 144
Não obedeça à moral 146
Esteja presente 148
Expulse a sombra 150
Conheça a si mesmo 153

o livro das brasas

a conversão 161

o capítulo do abismo
Isto 165
A areia 166
A merda 167
A medalha de chocolate 168
O cadáver 169

O rio 171
A pele ilimitada 172
O oceano 173
Não penso, logo não existo 175

o capítulo da solidão
Atrás do espelho sem aço 179
A solidão essencial 182
Paz na solidão 185
Retorno ao centro 188
Eu sou o mundo 191

o capítulo da luz
O Éden 195
Onde você está? 199
A alma 200
A conexão entre as almas 204
O espaço 206
A luz 213
A felicidade 218

prefácio à edição brasileira

Este livro aparece no Brasil pouco mais de um ano depois de sua publicação em Paris. As explicações que não dei na França, sinto-me obrigado a fornecê-las aqui, pois tenho com os meus leitores brasileiros uma relação muito mais afetiva do que com os meus leitores franceses. Costumam considerar-me, em geral, um especialista da cibercultura, mas, na verdade, sou um filósofo otimista. Passei a me interessar pelo modo como o mundo funcionava, mais especificamente pelas questões humanas, porque achava que se entendêssemos as coisas do mundo, teríamos mais chances de melhorá-las. Continuo pensando assim, mas sei agora que não basta compreender o mundo, a humanidade ou a sociedade para que as coisas melhorem. Aprendi que também é preciso conhecer a si mesmo. E esse autoconhecimento não tem nada de teórico, conceitual, discursivo. Não é externo, não o adquirimos de ninguém. Temos todos que descobri-lo em nós mesmos. Somos os únicos especialistas de nossas próprias vidas.

   O fogo liberador, portanto, não indica uma mudança de orientação em minha carreira de filósofo. Este livro só vem começar a preencher uma lacuna em minha empreitada. É uma espécie de diário de bordo de um início de viagem, no momento da descoberta do viajante. A viagem, no meu caso, certamente não terminou. Mas sei que já começou. É uma viagem empreendida hoje por um número cada vez maior de pessoas que souberam ouvir o apelo da sabedoria. Quis então me comunicar aqui com todos aqueles que seguem a mesma trilha que eu, dividir com eles algumas dificuldades do percurso, mas também algumas felicidades. Não gostaria, neste texto, de passar uma mensagem de mestre, coisa que não sou, mas sim uma mensagem de irmão. Eis então o diário de alguém que se lançou no caminho e que poderia ser útil àqueles que, como ele, também o estão percorrendo.

No capítulo sobre o amor, vocês encontrarão o seguinte aforismo: "Só saberás quem és se tiveres sido amado". Essa frase é a expressão de minha experiência. Só pude me compreender quando encontrei o amor de Darcia. Para outras pessoas, esse amor pode ser de um mestre, um parente, um amigo, ou simplesmente o amor que dedicamos a nós mesmos. Para mim, foi de uma mulher. Desde o momento em que senti o amor que ela me dava e que despertou em mim, comecei a entender quem eu era e compreendi igualmente que, antes de encontrá-la, vivera numa espécie de semi-sonambulismo. Sem Darcia, este livro jamais teria sido escrito. Além disso, escrevi inúmeros cadernos depois de longas discussões com ela (sem nenhuma intenção de publicar o que quer que fosse naquela época). As notas que eu apontava eram com freqüência citações literais de suas palavras, respostas que ela dava às minhas questões. Fica assim impossível distinguir no texto que segue aquilo que vem dela daquilo que vem de mim. Enfim, Darcia desempenhou um papel capital na estruturação global do texto, seja com suas notas, seja com sua releitura, agindo tanto sobre seu conteúdo quanto sobre sua forma.

Uma última coisa, antes de deixá-los com o livro. Falamos bastante do instante presente, do amor e da ausência de ego, como acontece com tantos trabalhos voltados para a espiritualidade ou para a sabedoria. Mas tratamos igualmente do mal, do sofrimento e dos malvados, o que talvez seja menos comum. Insisto e subscrevo. É muito importante falar do mal. É preciso observar com prudência aqueles que esperam a menor chance para envenenar os outros com seus excrementos mentais. Tais indivíduos só conseguem disseminar seus dejetos no mundo porque deixamos abertas as chagas de nossas fraquezas, de nossa estupidez, de nosso medo. Não podemos dar a menor migalha

prefácio à edição brasileira / 13

de poder aos loucos, aos cobiçosos, aos sedutores, aos narcisistas, aos invejosos, aos imbecis que querem sempre ter razão, nem tampouco àqueles que despertam o medo ao seu redor, transidos que são de covardia. Vivamos livres. Vivamos felizes.

Pierre Lévy
25.01.2000

Para Darcia

Quem poderia se esconder do fogo que não apaga?

Heráclito

advertência

Vivi, aos quarenta anos, uma grave crise existencial que me obrigou a debruçar-me sobre minha vida e a reavaliá-la sob todos os aspectos. Este livro é o resultado de mais de dois anos de exame sincero e assíduo. Traz a marca de uma completa transformação interior. Os ensinamentos budistas, assim como os da cabala, da sabedoria antiga ou de outras tradições espirituais me foram de grande socorro ao longo desses anos de metamorfose. Não sou nem mestre de meditação, nem tenho um conhecimento suficientemente avançado no caminho espiritual para guiar seja quem for com autoridade. No entanto, cada palavra, cada frase deste livro é a expressão de uma experiência direta, embora às vezes muito breve. Gostaria de sublinhar também que muitas idéias que aqui foram expressas me foram direta ou indiretamente inspiradas por minha companheira, Darcia Labrosse, com quem tenho a sorte extraordinária de viver todos os dias. Possam estas poucas páginas ajudar aqueles que buscam libertar-se do sofrimento.

o livro da centelha

a porta aberta

O caminho espiritual é uma *busca*. Uma busca pessoal, aventurosa, criativa e sempre aberta, na qual temos às vezes a alegria de encontrar outros exploradores. Não se trata, portanto, da busca da boa comunidade, da boa lei, do bom livro ou do bom mestre... depois da qual nada mais haveria que buscar.

* * *

Os inspirados, os criadores de ordens religiosas, os fundadores de linhagem, os grandes iniciados, os videntes, os poetas foram livres exploradores, investigadores da alma humana, inventores de mundos tomados por uma paixão absolutamente autêntica. Não nos cabe atingir seus objetivos nem tampouco reproduzir seus resultados. Cabe-nos, sim, despertar em nós mesmos a febre de verdade e de amor que os animava.

* * *

Os místicos do passado percorriam milhares de quilômetros peregrinando em busca de mestres ou de novos ensinamentos. Hoje tudo pode ser atingido sem esforço, os textos estão traduzidos e disponíveis. Os mestres estão a apenas algumas horas de avião. No entanto, a viagem é ainda mais difícil porque a contrapartida *interior* do percurso externo está mais do que nunca repleta de obstáculos.

* * *

Quando eu tinha dez anos, levava para a escola a chave de casa, porque voltava antes de meus pais, que às vezes trabalhavam até tarde. Numa noite de inverno, quando cheguei na porta de casa, procurei a chave e não achei. A casa estava isolada. A noite caía. Estava sem a chave. Fiquei esperando na frente de casa. Uma hora, duas horas, três horas. Meus pais não chegavam. Achei que nunca mais fossem voltar. Pus-me a chorar. Sentia-me muito sozinho, abandonado, exilado, infeliz. Finalmente meus pais chegaram. "Por que você está chorando?", perguntaram. "Como vimos que você tinha esquecido a chave, deixamos a porta aberta." Empurrei a porta. Ela estava aberta. Não tinha nem sequer pensado em tentar abri-la sem chave.

Quis contar essa história antes de começar só para dizer que sei que você não tem a chave. Ninguém tem a chave. Ninguém nunca a teve. Não precisamos de chave. A porta está aberta. Entre em sua casa.

o capítulo do pensamento

tudo começa pelo pensamento

Nossas escolhas, nossas palavras, nossos atos, e portanto o mundo em que vivemos, dependem de nossos pensamentos. Tudo se decide no espírito.

Se seus pensamentos determinam todas as suas escolhas, eles também criam sua vida, seu mundo. Observe a forma como os sentimentos e as idéias que lhe vêm no espírito acabam produzindo sua existência.

Todo pensamento, toda emoção, palavra, toda ação contribui para modelar a paisagem de nossa existência e a dos outros. Todos eles também preparam o terreno para outros pensamentos, outras palavras, outros atos. Não podemos evitar o fato de estarmos continuamente criando o nosso mundo e o dos outros.

Os estóicos dizem que nossos pensamentos, representações, julgamentos são a única coisa que realmente temos em nosso poder. À primeira vista, isso parece pouco, mas se considerarmos bem as coisas, a força que daí poderíamos ter sobre nossos pensamentos permitiria uma libertação de todos os aspectos de nossa vida.

Somos, primeiro, responsáveis pelo que pensamos. Mas responsabilidade implica liberdade. Ora, nada mais difícil do que conquistar a liberdade de pensar, escapar do automatismo inconsciente das representações e das emoções. É muito mais cômodo voltar-se para o "mundo externo" do que se tornar senhor de si, da própria experiência de vida, aqui e agora.

O pensamento automático ou o pensamento parasita, a que nos submetemos, impede-nos de viver no instante, perceber o momento e ser feliz. Não nos deixa viver nossa própria vida. Daí ser tão importante conquistar a liberdade de pensar!

* * *

O mais simples é o mais difícil.

* * *

Nossos objetos de aversão poderiam ser objetos de desejo e nossos objetos de desejo, objetos de aversão. E eles só existem em nosso mundo subjetivo porque lhes atribuímos importância. Mas essa importância poderia ser dada de outro modo. Ou melhor, nosso interesse poderia se dirigir *por toda parte* e sob todos os aspectos, de tal modo que os referidos objetos deixariam de se destacar do fundo de nossa experiência. Dito de outra forma, poderíamos ser *desinteressados*.

a intenção

Cada um de nossos pensamentos, cada uma de nossas palavras e ações é governada por uma intenção. Basta aprender a retomar o fio de nossos pensamentos para descobrirmos a intenção profunda que o inspirou.

As disposições da alma para o amor e para o sofrimento são fortemente condicionadas pelo que vemos e ouvimos ao nosso redor e, mais particularmente, pelo que sentimos das intenções dos outros a nosso respeito. Quanto mais próximos os seres estão de nós, mais participam da moldagem de nossa alma e da trama de nossa vida. De modo similar, temos o dever de conhecer honestamente nossas intenções e nossos sentimentos, controlar nossas palavras e nossos atos, porque eles contribuem para tecer a alma dos outros, em especial daqueles que nos são próximos. Se nossa alma está repleta da alma dos outros, decidir parar de sofrer também é decidir amar os outros.

Toda vez que suas intenções não forem puras, não diga nada, não faça nada. Atenção! Reconheça *rápido* a natureza de suas intenções, porque o pensamento logo se transforma em caretas, palavras e atos irreversíveis!

Como escolher seus pensamentos? Como distinguir os que são animados de compaixão, gentileza e amor dos que são comandados pelos venenos do espírito? Como reconhecer suas próprias intenções? Não escute, *acima de tudo*, o que diz o pensamento. Esteja mais atento a seu ritmo, a sua melodia, a seu timbre, a seu acento. Ele é rápido, violento, agudo? É lento, pesado, ardente? Frio, seco, insensível? Assustado, agitado, disperso? Meloso, maçante, irritante? Ou se eleva livre, preciso, leve, alegre, pacífico? Medite. Escute sem parar.

Você quer pegar? Quer dar? Quer brilhar no mundo? Quer guerra ou paz? Dominar? Vencer? Tem vontade de bater? Quer dar prazer? Você se entretém com a preocupação dos outros? Mire-se no espelho de suas intenções.

Cada elemento que compõe o cenário de nossas vidas, o conjunto daquilo que constitui o mundo humano — instituições, técnicas, obras do espírito —, tudo o que nos cerca materializa uma intenção.

Cada intenção, pensamento, palavra, cada ato humano se repercute ao infinito, vem e vai sem cessar e de formas diversas no seio de um imenso sistema de causas e efeitos que se estende em uma hierarquia insondável de mundos celestes e terrestres, passados, presentes e futuros. São as *intenções*, antes mesmo dos pensamentos, as intenções mais secretas, mais ocultas, inconscientes e imperceptíveis que provocam o maior número de efeitos. As boas intenções desencadeiam um fluxo de amor no mundo, as outras provocam um aumento de sofrimento no ser humano. Daí ser tão importante atingir o conhecimento e o domínio de si.

* * *

Somos os únicos autores de tudo o que nos acontece. Os acontecimentos de nossa vida, todas as facetas do mundo externo são projeções de nosso mundo interior. Na verdade, há apenas um mundo, dentro e fora confundidos. Produzimos continuamente esse mundo único, não somente *interpretando* nossas percepções e as situações nas quais estamos imersos, mas também de maneira muito mais efetiva, invocando nosso destino, fabricando continuamente as pessoas, os lugares, os acontecimentos. Certamente não os provocamos consciente e deliberadamente, mas é nosso ser profundo que os faz emergir: são chamados pelo sussurro infinito de nossas intenções.

os pensamentos são como sonhos

Onde estão os pensamentos? Onde estamos quando pensamos?

Observe como o jogo habitual dos pensamentos, quando dormimos, oscila imperceptivelmente na deriva onírica. Ali vivemos a experiência direta de que sonhos e pensamentos são feitos do mesmo estofo de ilusão.

Os pensamentos têm quase a mesma natureza dos sonhos: são automáticos, encadeiam-se sem que de fato os controlemos e, em geral, não correspondem a nada de real. Os pensamentos nos "tomam", nos envolvem, exatamente como as imagens de um sonho. São ainda mais fragmentados do que os sonhos noturnos porque são desencadeados e interrompidos por percepções sempre instáveis e mescladas ou superpostas a sensações efetivas.

* * *

Freud diz que os sonhos são a expressão de nossos desejos. Eu diria, invertendo a proposta, que nossos desejos têm a natureza dos sonhos.

* * *

Os pensamentos são como sonhos, simples, claros e normais em aparência (tanto que nos confundimos com eles), mas, na verdade, eles são incoerentes e enganosos. Nossos discursos e os conceitos que eles carregam também são como sonhos... e nossas palavras só são ouvidas porque invadem os sonhos dos outros.

As coisas supostamente "reais" são constantemente definidas, categorizadas, imbuídas de valor, produzidas e reproduzidas pelos mecanismos inconscientes das associações mentais. Tais como os percebemos, os objetos de desejo, aversão, ciúme, inveja, medo ou ressentimento são gerados pelo espírito. Será que eles existem para um mosquito ou um boi? Existiriam também para um ser humano de outra cultura ou com uma psicologia diferente da nossa? Guardariam eles sua identidade sem nossos pensamentos? Ora, nossos pensamentos são como sonhos.

Embora nossos pensamentos sejam bem reais, é na ilusão que provamos desejos e rejeições, esperanças e medos. Será possível controlar o sonho que estamos tendo se simplesmente continuarmos sonhando? Não temos que acordar? Mas, então, não estamos correndo o risco de despertar de uma vida comum só para entrar num outro sonho, o sonho "espiritual"? Não devemos apenas tomar consciência de que sonhamos sem tentar dominar o que for?

* * *

Se os pensamentos são como sonhos, então os medos são como pesadelos, dos quais podemos despertar.

No momento em que você tiver realmente se dado conta de que os pensamentos são como sonhos, toda sua vida anterior poderá aparecer nesse exato momento como um sonho de que você acabou de despertar.

Ao comer um iogurte (realidade), digo a mim mesmo que "eles têm aquilo que eu não tenho" (pensamento). Sofro. Não desfruto do iogurte, nem da luz do dia, nem da sorte de estar vivo. Sou prisioneiro de um pesadelo. Mas posso retomar o momento presente, me libertar do sonho, acordar. Do mesmo modo, posso despertar de meus conceitos, de meus preconceitos, de minhas tendências habituais, do argumento geral de minha vida.

Então, o "eu" não é senão uma cadeia de pensamentos, um modo especial de fabricar emoções e discursos internos, uma espécie de gerador particular de sonhos, provido de argumentos emocionais e discursivos. O "eu" é um fabricante de ilusões, um mercador de sonhos. A vigília nos extrai do entorpecimento e da fascinação do eu. Abandonemos a prisão dos pensamentos. Observemos sem trégua sua natureza arbitrária, ilusória, enganosa.

* * *

Cada vida tem uma forma diferente, mas todas elas são um recorte da única e translúcida matéria dos sonhos.

* * *

Em vez de julgá-los ou aceitá-los, *sinta* a textura onírica dos pensamentos.

Quando os pensamentos são clara e distintamente reconhecidos como sonhos no exato momento em que aparecem, impera a vivacidade das percepções. No lugar dos objetos ondula um campo imenso de percepções instáveis e variadas. Não são coisas, conceitos, julgamentos, tampouco eu ou meu corpo, mas uma onda ininterrupta e fremente de imagens, sons, sensações, sem um sujeito que sente nem qualidades sentidas. É o cintilar sem fim do plano da existência.

sair da confusão

Construímos nossa vida perseguindo sonhos. Tudo o que realizamos na ilusão torna mais sólida a prisão da ilusão.

Ter filhos com a pessoa errada, embrenhar-se numa atividade econômica de que será quase impossível se desvencilhar, envolver-se em jogos de poder na sociedade, tudo isso nos traz cada vez mais preocupações, paixões, compromissos de que temos cada vez menos chance de nos desfazer para nos despertar para a vida.

* * *

Todo ato realizado na confusão adensa a confusão.

* * *

O ódio de si dá a sensação de que o outro o odeia, pois projetamos nossos sentimentos e pensamentos no mundo. A crença de que o outro o odeia provoca fatalmente o ódio no outro. O outro, ao considerar que você o odeia, também irá odiá-lo, confirmando assim seus primeiros pensamentos e sustentando o ciclo. É assim que pensamentos odiosos, a começar pelo ódio de si, criam um mundo de ódio.

* * *

Usamos constantemente os seres, os signos e as coisas que estão em nosso contato em proveito de nosso drama pessoal. Em vez de ver as situações e as pessoas tais como são, perdemos muito tempo tentando descobrir o que elas representam para nós. O que está em jogo no mundo também está em nosso pensamento. Será que ainda temos chance de *aprender* alguma coisa?

A sabedoria consiste em parar de projetar, ficar efetivamente presente e aberto em vez de fabricar e refabricar continuamente o mundo que corresponde a nosso pensamento..., sofrendo assim suas conseqüências.

Estamos sempre projetando nosso drama pessoal no mundo, quando simplesmente poderíamos nos aproximar do espaço aberto tal como ele surge, a cada segundo. Em vez de pôr arduamente em cena o argumento que nos dirige à nossa revelia, poderíamos relaxar e ver o que acontece... Descobriríamos provavelmente que nada de horrível nem de assustador acontece, muito pelo contrário. Ao menos, *descobriríamos* algo.

O infeliz vive num mundo hostil, cheio de obstáculos. É estrangeiro num mundo que o agride e o frustra. O sábio, em compensação, tem a riqueza infinita de um mundo que lhe pertence. O mundo o ama. O mundo lhe devolve o amor que ele tem por si mesmo.

* * *

A "neurose" de uma pessoa é sempre uma limitação de sua força. Fabricamos para nós mesmos um mundo que nos impede de fruir e crescer. Somos nós que criamos as circunstâncias e as pessoas que viram nossos obstáculos. A viagem consiste em conquistar nossa própria força, nos tornar quem de fato somos, ocupar por fim o centro do mundo, viver num universo feito por nós, que acolha e abençoe nossa alegria...

Quando nossos pensamentos deixam de produzir o universo particular da neurose, passamos a circular em todos os mundos, ficamos livres.

* * *

A maioria de nossos pensamentos assemelha-se a pesadelos: dolorosos e ilusórios. Ora, os pensamentos, além disso, nos governam. Os pesadelos tornam-se então "realidade". Como você vê o mundo? Sabe o que precisa mudar para melhorá-lo? Por sorte, a escolha entre ser prisioneiro dos pensamentos e vê-los pelo que são depende de nós. Mas para isso é preciso exercício, paciência e muita atenção.

meditação

A meditação é a via principal do conhecimento e do domínio de si.

***

Podemos vencer um milhão de homens em uma só batalha. O maior guerreiro, porém, é aquele que vence a si mesmo.

Dhammapada

* * *

Mais do que fugir de seus objetos de aversão ou de perseguir seus objetos de desejo — em pensamento, em fala e em ato —, volte-se para sua própria existência e contemple-a ali.

Sento-me de pernas dobradas em uma almofada no chão. Endireito as costas. Ponho as mãos nos joelhos. Fico com os olhos abertos, e o olhar para baixo. Não me mexo. Sem manipular a respiração, presto atenção lentamente na expiração a fim de ancorar-me no instante. Estou presente, estou aí. Não atinjo um estado "especial", não adormeço, não me lanço em meus pensamentos. Quando os pensamentos me levam para além do instante presente, ponho-lhes a etiqueta "pensamentos" e volto à minha expiração. Observo sem cansar minhas sensações, emoções e pensamentos sem neles me apegar, sem julgá-los.

A meditação: não o "misticismo", nem experiências extraordinárias, apenas um exercício de atenção, muito simples, gratuito, acessível a todos. Somente uma coisa: a atenção se dirige para o interior.

* * *

A meditação é o extremo oposto da premeditação.

* * *

Na meditação, o presente, ao fugir do pensamento errante, brinca de esconde-esconde com o eterno presente.

* * *

Sua jangada flutua num mar agitado. Você só pode ficar de pé se vigiar atentamente a ondulação do mar, se estiver intensamente presente em cada onda. Uma onda sucede outra onda e mais outra, sem parar. Você fica assim nesse jogo, minutos a fio, ajoelhado, com os braços estendidos na frente ou contrabalançando dos lados, os quadris girando, amortecendo as marés altas e baixas, as quedas, o balanço, a arfagem da jangada sobre as ondas. Você vê as ondas chegando, pequenas, grandes, de frente ou de través, e se prepara com o movimento da jangada. Se estiver desatento, você cai. O mar nada mais é do que o espírito; as ondas, as emoções e os pensamentos. Quando seu zelo e atenção falham, você cai brutalmente no chão do barco. Mas se mantém a guarda, se não relaxa sua presença, se sua consciência registra cada onda chegando, uma após a outra, a vida passa a ser um jogo maravilhoso. Se, porém, perder um minuto de atenção, *esquecer* que as emoções e os pensamentos são agitações do espírito, então leva uma chacoalhada, é levado pela ilusão, golpeado de frente pelo sofrimento. Você é capaz de manter constantemente uma presença de espírito plena em todas as suas sensações, emoções e pensamentos? Consegue ver com clareza, em cada um deles, no momento em que surgem, sua natureza vazia e transitória?

* * *

Observemos sem cessar o automatismo mental e trabalhemos para amenizá-lo, torná-lo maleável, até que, por fim, ele desabe.

* * *

Basta querer pegar e dominar algo para não conseguir dominar nada e ser preso à armadilha do sofrimento. O domínio da vida passa pelo domínio do espírito e este último se resume ao exercício de relaxamento.

Relaxe. Relaxe. Relaxe continuamente, um segundo após o outro.

* * *

o capítulo dos pensamentos / 35

Para retomar a corrente da entropia mental, ponha na entrada de seu espírito um demoniozinho-guardião que examine todos os pensamentos, mesmo o mais ínfimo, o mais imperceptível. À luz da plena consciência, que esse gênio fisionomista possa distinguir nitidamente os pensamentos que alimentam o narcisismo, o medo, a agressividade, a cobiça, a frustração, etc. Que reconheça os combustíveis da tristeza, o retorno da infelicidade, os atrativos neuróticos. Que identifique também a alegria desinteressada, a felicidade do instante compartilhado, o prazer de ser, a força da alma. Que a luz da consciência se contente em brilhar. Que o demônio se limite a observar.

Observe com atenção o caráter repetitivo e estéril dos pensamentos automáticos, esses "venenos do espírito", que o fazem fugir para o passado ou futuro em vez de abri-lo à dádiva incondicional da existência presente.

Pratique o exercício de escapar do tormento, das obsessões, da loquacidade mental, para abrir-se às situações e aos seres, aqui e agora.

* * *

Observe sem trégua, sempre, seu rosto interior, seu corpo emocional, aquilo que se expressa quando você se abandona, não pensa em mais nada.

Pratique a cinestesia da alma.

Começará a *sentir a alma*. À medida que você vai se despertando, descobre um coração cada vez mais vasto, mais sensível.

Quando você volta a atenção para o interior, depois de ter atravessado o muro dos pensamentos, atinge o coração, a alma, o ser terno e vulnerável, a criança muda, a criança que chora em silêncio.

Una-se a seu rosto interior, o rosto daquele que não tem nome.

Se não entrar em contato com o rosto interior, ele se materializará no corpo e o assombrará mundo afora.

* * *

Uma meditação suficientemente assídua acaba, cedo ou tarde, encontrando uma consciência impessoal.

O corpo é imóvel. O espírito tende a se acalmar. Nada fazemos. Nada queremos. O mundo interior encontra a luz em si mesmo. Há apenas um único mundo para uma única luz.

A luz da consciência brilha absoluta em toda parte.

Que o objeto principal da atenção seja nossa experiência direta, cotidiana, a cada segundo.

* * *

O espírito comum parece uma enorme bolha instável que estoura e se dispersa em centenas de bolhinhas levadas pelo vento, para em seguida se restabelecer, explodir mais uma vez e se dissipar em mil pensamentos ao menor sopro da imaginação. Exercitado pela meditação, *o espírito que guarda sua unidade* ondula, treme, vibra e vive, mas permanece inteiro apesar das deformações. Seu invólucro liso e transparente reflete a alma e contém o mundo.

ver as coisas tais como são

Um macaco não medita. Só o homem é capaz de se identificar com sua consciência e não se perder nas sensações, emoções e nos pensamentos. O ser humano é único porque consegue se destacar de seus desejos, aversões, esperanças e medos. Cultivando a consciência, nossa espécie pode se libertar de seus impulsos e ilusões.

* * *

o capítulo dos pensamentos / 37

Escute seus pensamentos, escute-os sem parar. Este aqui não está centrado na agressividade? E aquele outro, não é de cobiça? Será que você não está lançando um conceito tosco sobre uma sensação singular? De tanto observar os pensamentos, podemos distinguir cada vez melhor sua cor, gosto, textura, música. É possível reconhecer os venenos do espírito tão logo eles aparecem.

Aprenda a tomar consciência dos pensamentos sem julgá-los (o julgamento é um pensamento a mais) e sem tornar-se prisioneiro deles. Esteja atento a suas emoções sem que elas o manipulem.

Exercite estar presente *por muito tempo*, sem se deixar tomar pelo que você pensa. Aprenderá, assim, a desenvolver o sexto sentido: o olho voltado para o interior.

Achamos que nossos dois olhos nos permitem ver claramente o mundo externo quando, na verdade, eles só nos oferecem uma visão confusa. Só se desenvolvermos a acuidade do terceiro olho — aquele voltado para o mundo interior —, é que poderemos ver as coisas tais como são. Para pararmos de *projetar*, basta subtrair de nossos dois olhos a visão do terceiro olho.

A aurora do despertar desponta quando a luz da consciência ilumina não somente algumas zonas especiais de fora, mas também de dentro, o mundo total, panorâmico. *A consciência não está nem dentro nem fora, ela brilha dos dois lados, ilumina tudo*: os movimentos, os sons, as sensações, as emoções, os pensamentos.

O ego era só o pensamento acomodado na sombra.

* * *

Não somos nem isto nem aquilo, tampouco o coração que sangra, mas a luz impessoal da consciência que ilumina tanto dentro quanto fora. Dentro de nós não há ninguém. Pensamentos, como ratos, correm indefinidamente uns atrás dos outros. E as emoções são tremores, vibrações, jatos d'água, incêndios que acendem e apagam. Nada disso sou eu. A luz anônima da consciência brilha nessa cidade complicada da alma, uma cidade que se desenvolve, cresce, conquista um mundo cada vez mais vasto à medida que o sol da presença resplandece sobre ela.

* * *

Quando a luz da atenção é constante e energicamente acesa, quando nos mantemos no seio da consciência que ilumina tanto dentro quanto fora, a dualidade se esvai. Tudo está no interior: os objetos da visão, da audição, da consciência, o céu e o medo, as pessoas e o amor, as árvores e as dúvidas. E o coração está no centro de tudo. A partir de então que sentido faz comparar a realidade (de dentro ou de fora, tanto faz) com o que gostaríamos que ela fosse?! O pensamento que quer isto ou aquilo é só um elemento a mais da realidade total, do mesmo modo que esse som ou essa forma. Não adotamos mais o ponto de vista dos pensamentos, não nos identificamos mais com eles. Cada um emite um grito ou um sussurro. Passamos a escutá-lo atentamente, a reconhecê-lo como se reconhece uma paisagem, um rosto, uma voz ou um instrumento. Deixamos de comparar a realidade com o que ela deveria ser. Olhamos para a realidade, toda realidade, inclusive a realidade dos pensamentos e das emoções. Eis o que significa "ver as coisas tais como são".

Descobrimos em seguida que a luz da consciência e o fluxo da experiência que ela ilumina se confundem, sempre foram uma coisa só. Tudo é luz.

o capítulo do coração

a sabedoria que anda atrás

Eis a condição humana: somos sozinhos, perdidos, temos dor e uma imensa necessidade de amor. Todo o resto é construção artificial.

* * *

Sofremos porque somos sensíveis.

A irritabilidade é própria de todos os seres sensíveis. Para não mais sofrer deveríamos nos entorpecer, nos anestesiar, nos transformar em mortos-vivos. Uma atenção elevada e bem exercida em nossas sensações físicas e estados de espírito nos convence bem rápido de que o sofrimento é *constante*. Ou somos presa de um mal-estar físico ou mental, ou, perfeitamente satisfeitos, gozamos de uma sensação de bem-estar. Mas o medo da dissolução mina secretamente a sensação agradável. Quanto mais nos satisfazemos, mais nos habituamos ao prazer e mais dependemos dele; um vício que acaba trazendo mais preocupações, temores e sofrimentos sem fim. Somos todos drogados à nossa maneira. É justamente por causa do caráter permanente do sofrimento (ainda que ele se manifeste com cara e intensidade bem variada) que temos tanta dificuldade de viver o instante: se estivéssemos plenamente presentes, nos confundiríamos com nosso sofrimento, com o sofrimento de todos os seres sensíveis. Fugimos do sofrimento presente, corremos atrás dos supostos prazeres que estão por vir, *ausentamo-nos* perpetuamente. Acreditamos evitar o sofrimento, insensibilizando-nos de mil maneiras. No entanto, só poderíamos dominá-lo, estudando-o, e só podemos estudá-lo, recuperando nossa sensibilidade fundamental.

* * *

Não decidimos seguir o caminho espiritual para suprimir o sofrimento, tornar-nos invulneráveis. O que encontraremos no fim da viagem não é uma felicidade sentimental e paradisíaca, a vida transformada em parque de diversões, aquela bondade típica de desenho animado. Decidimos trilhar essa vereda para viver a verdade da vida, estar presente no mundo, estar *aí*. Escolhemos esse caminho para nos tornar sensíveis, humanos, compassivos.

Quanto mais abrimos o coração, mais sentimos o sofrimento (o nosso e o dos outros: só há um) e menos alimentamos os mecanismos que o sustentam.

* * *

Se os carrascos fossem sensíveis, não poderiam cometer seus crimes. A insensibilidade provoca tudo aquilo que nos assombra na espécie humana.

* * *

Ao dirigir o feixe de nossa atenção para o mundo interior, descobrimos o imenso universo da sensibilidade. Passamos a conhecer essa enorme massa viva, ultra-sensível, irritável e terna que é o coração. O medo de sofrer, a esperança do prazer, os pensamentos do ego formam a compacta carapaça que recobre essa carne esfolada. Mas sob o couro do ego, desnudamos o tesouro que estava ali desde sempre, a requintada delicadeza da alma, a inteligência do coração, mais fina e precisa do que qualquer conceito imaginável.

Não olhe para o que você vê. Sinta o que a visão faz no seu coração.

Os conceitos nos separam do instante, do fluxo permanente das sensações. São construídos pelo medo de sofrer. Afastando-nos de nossa experiência, os conceitos nos extraviam. Motivados pelo temor, eles são ilusórios. Por serem ilusórios, nos fazem sofrer.

Para reconhecer a cobiça e a agressão, em si e nos outros, pare de pensar e comece a sentir.

* * *

Eis as duas sabedorias. Uma, que anda na frente, a consciência triunfante, a luz que tudo ilumina impiedosamente, a inteligência discriminante que faz explodir a menor pretensão do ego. E a outra, que anda atrás, a sabedoria que cresce lentamente com o desenvolvimento da alma, da sensibilidade, da intuição, do toque compassivo do coração, a sabedoria que floresce sobre o cadáver em decomposição do ego; quando não temos mais o sofrimento, quando os mil detalhes da dor passam a ser nossos melhores informantes, quando a sede de prazer e segurança pára de velar a beleza, a profundeza e a sutileza infinita da alma.

* * *

O coração terno, ou a vulnerabilidade, é o centro da generosidade, da compaixão, do despertar, da santidade. É também a verdadeira fonte da inteligência. Todo ser humano possui essa fonte, mas nenhum deles sabe que aquilo que há de mais precioso nas jóias está também no que elas têm de mais simples.

Diz-se na tradição cristã que aqueles que têm o poder de sentir integralmente o seu sofrimento e o dos outros — de senti-lo a ponto de chorar por ele — têm o "dom das lágrimas". Só grandes santos e santas tiveram esse dom, tão maravilhoso quanto a graça do sorriso.

A base da sabedoria, a inteligência do coração, a grande sensibilidade nada mais é do que nossa própria vulnerabilidade, tão humilde e ordinária, mas que, se decidimos escutá-la e louvá-la, pode ofuscar o brilho de milhares de sóis reunidos.

sentir

Uma onda arrebenta. Ela se dissipa em mil ondinhas, que, por sua vez, são encrespadas por mais outras mil microondinhas. Explode em miríades de gotas onduladas que refletem o desabamento da onda, uma fração de segundo — cada uma sob um ângulo diferente. A onda é, ela própria, uma ondinha da imensa onda da tempestade que contém milhares de ondas. Onda de ondas nas ondas. Onda de formas vivas, onda de povos e pessoas, onda de emoções e pensamentos. Abundância do mundo, magia dos fenômenos, a cada segundo. Até mesmo os pensamentos são mágicos. As emoções, elas também, nascem, sobem, arrebentam, se dispersam e se reverberam para de novo aparecerem idênticas e diferentes. Contemple suas emoções, tristes ou alegres, como contemplamos o mar, como sentimos o vento. Os pensamentos só são venenosos se, em vez de prová-los, lhes obedecemos.

Viver as emoções significa provar bem clara e lucidamente, e nos mínimos detalhes, os acontecimentos de nossa experiência como ondas transitórias no fluxo da existência. Não acreditar um segundo sequer na realidade dos objetos que imaginamos suscitar essas emoções, nem na realidade do sujeito que deve experimentá-las. Diante de miríades de acontecimentos mentais, podemos congelar coisas, pessoas, significações, valores, um "eu", e nos manter firmes no sofrimento. Mas podemos também, se seguíssemos o encadeamento apropriado, abandonar-nos lucidamente ao fluxo, à variedade das energias, ao caráter climático e instável da experiência.

* * *

Prefira sentir a textura, a qualidade, a intensidade das emoções a acreditar no que elas lhe representam. A emoção é perfeitamente real. O elo da emoção com seus objetos é que é ilusório. Você efetivamente deseja, mas não tem, de fato, necessidade do alvo particular de seu desejo. Está sem dúvida irritado, mas o objeto da irritação não é sua causa. Ao sentir a emoção, você está presente. Ao acreditar que ela o representa, fica preso na armadilha da ilusão, sonha, se ausenta.

No lugar de fugir do sofrimento, você pode senti-lo como uma energia. Do mesmo modo, tudo o que entra em seu mundo pode ser percebido como uma qualidade de energia em vez de um objeto de que se quer apropriar, rejeitar ou ignorar. Não há nem bem nem mal, nem belo nem feio. Cada ser, cada acontecimento interno ou externo é um comprimento de onda, uma freqüência, uma cor do espectro.

* * *

Durante muito tempo confundi o recalque com o autocontrole.

Quando o sofrimento aumenta, sinta-o aumentar. Quando a dor vem, deixe-a vir.

Sinta suas emoções aqui, agora, no presente. Não as reprima, não tente escapar delas, tampouco passe ao ato automaticamente. Isso seria mais uma tentativa de fuga.

Sinta a emoção integralmente. Permaneça nela. Não se refugie no pensamento (Não se pergunte por que ela dói, de onde vem, o que dói exatamente, como poderia parar, etc.). Não aja para fugir da emoção (A maioria dos atos estúpidos acontecem quando fugimos de uma emoção desagradável: agredir para não sentir a raiva, pegar para fugir da cobiça ou do sentimento de falta, atordoar-se para esquecer da dor, etc.).

* * *

Cruzo com um cachorro na rua. Tenho, em geral, medo de cachorro. Mas em vez de me deixar tomar pelo medo, acreditar em meu pensamento de medo e torná-lo real, posso reconhecer o medo como um pensamento apenas. Então, no lugar de tornar-me prisioneiro do medo, passo a observá-lo e prová-lo. Imagino que o cachorro virá me cheirar as panturrilhas, depois me morder. Sinto o medo como uma emoção rica e interessante, ao passo que teria podido *sofrer de* um medo que quer sempre parecer "objetivo", "real". Se em vez de dar crédito às nossas emoções, as observássemos com atenção, elas perderiam o poder que têm sobre nós. Não nos dariam mais medo (mesmo o medo não nos daria mais medo) e poderíamos acolhê-las, sem julgá-las nem reprimi-las. Quando deixamos de nos identificar com as emoções e com os pensamentos que julgamos, paramos de nos julgar. Quando paramos de nos julgar, fica mais fácil não mais julgar os outros, compreendê-los e ter uma atitude amigável em relação a eles. Ficamos livres para a percepção da beleza do mundo e do prazer de ser. Podemos provar as texturas da existência. Inclusive o medo.

* * *

Sinta as emoções positivas. Sem forçá-las, dê espaço para que possam emergir, aqui e agora, por quase nada. Um sopro de ar fresco, o encontro de um amigo, o choque de uma paisagem, a eclosão de uma idéia, um trago de vinho, o simples fato de viver e respirar. Isso não quer dizer que devamos esconder o rosto diante do mal ou da mediocridade da existência, mas, ao contrário, que podemos provar o que há de bom em cada situação. E sempre há algo de bom.

Não fuja das emoções *positivas* — o amor, a alegria, a ternura, o reconhecimento —, porque elas são o sal da vida, a felicidade. Deixe-as crescer, desabrochar, prove-as. Com grande freqüência, mais do que vivê-las no presente, costumamos nos lembrar delas no passado, ou então projetá-las no futuro, esquivá-las na corrida, escamoteá-las na precipitação, afogá-las em infinitas preparações, neglicenciá-las na distração. Depois, mais tarde, arrependemo-nos de não ter aproveitado o momento de prová-las plenamente. E é assim que passamos ao largo da vida.

a emoção, o toque da alma

Sinta suas emoções *negativas*, porque elas são os sinais que o permitem proteger-se e dirigir sua vida. Para fazer uma analogia com a esfera do corpo, se você não sentisse dor, se passasse o tempo se anestesiando, correria o risco de se queimar, se cortar, acabar terrivelmente estropiado. Ora, isso é exatamente o que costuma acontecer na esfera da alma. Você está gravemente doente porque passa o tempo fugindo, negando, evitando a dor de todas as maneiras possíveis. Se quer que sua alma esteja inteira, deve se reeducar a sentir: "Ai dói! Sintome... humilhado, frustrado, tenho medo, estou com raiva, triste, tenho dificuldade, estou com muita inveja, odeio, etc."

Não tente *compreender* as emoções. Contente-se no momento de reconhecê-las e provar plenamente a maneira como elas ganham corpo: garganta fechada, crispação da nuca, dor no peito, no ventre, sensação de opressão, náusea, dor de cabeça, coração batendo, enrubescimento, palidez, fadiga, abatimento. A lista não é finita. Você também pode lhes dar um nome: medo, frustração, tristeza, ódio, culpa, inveja, etc.

Só quando a sensação é reconhecida, provada, sentida, observada, estudada em suas manifestações físicas, sem que o pensamento escape do aqui e do agora da sensação, só quando esse *trabalho* é realizado é que você pode deixá-la partir. Então, só então, a sensação cumpriu sua função mensageira. As *emoções*, não os discursos que querem impor sobre você, nem aqueles aos quais você se apega, só as emoções, como eu dizia, sãos os melhores informantes sobre sua vida, o mundo que o cerca, aquilo que você deve fazer e sobretudo evitar fazer.

Observe com atenção as emoções que as pessoas ao redor suscitam em você. Que isso o ajude a *escolher* suas relações, seus amigos, seus amores.

* * *

Enquanto fugimos instintivamente da dor física (quem deixa a mão em cima de uma chama por muito tempo?), deixamo-nos queimar com pensamentos torturantes. Você sabe em que estado está sua alma? Não tanto para que já tivesse adquirido e treinado pacientemente sua sensibilidade às emoções, sua presença atenta ao sofrimento. Não se foge instintivamente da dor moral. Isso se aprende.

Aprenda a identificar suas quedas íntimas, seus encantos fatais, seus reflexos maléficos, suas partes mortas, suas zonas anestesiadas. Depois comece a se reeducar. Ninguém pode fazê-lo em seu lugar. Ninguém pode sentir por você.

* * *

A emoção é nossa interface com o mundo. Se nossa alma tivesse pele, seu toque seria a emoção.

* * *

A armadura que você veste sobre a alma a fim de protegê-la de eventuais golpes também está protegida de qualquer afago.

Os ferimentos são nossas maiores riquezas. Eles mantêm aberto o caminho para o coração.

Quando você congela o coração com medo de vê-lo sofrer, deixa-o morrer para a alegria. Não se transforme em um morto-vivo!

A insensibilidade ao sofrimento provoca a morte da alma.

* * *

Quando deixamos de viver as emoções, passamos a projetá-las, a nos iludir, a nos perder na confusão.

Quando negamos ou fugimos do sofrimento, quando abdicamos de nossa lucidez, quando nos anestesiamos, o diabo exibe a ponta de sua cauda.

Os condenados só queimam no inferno porque suas almas já nada sentem.

ecologia do sofrimento

Diante das emoções, duas atitudes são possíveis. Ou as *transformamos em atos*, isto é, sentimo-las, vivemo-las plenamente, percebemo-las claramente como acontecimentos de nosso fluxo de experiência; ou só as sentimos pela metade, acreditamos que *representam a realidade* e então, bem naturalmente, *as tornamos reais*.

Quando as emoções se realizam, isto é, quando desencadeiam indefinidamente outras emoções e outros pensamentos, quando se transformam em palavras e atos, então elas acabam nos encerrando ainda mais na prisão real que não cessamos de construir: a ilusão.

Se não sentimos as emoções negativas, elas se materializam no corpo como mal-estar ou doença, transformam-se em atos irreversíveis, em situações que fabricamos. As emoções negativas reprimidas, ativadas, projetadas, materializadas, em vez de sentidas, transformam-se em pesos, cada vez mais custosos, que arrastamos como grilhetas ao longo da vida. Em vez de serem liberadas pela consciência na sensação, acabam sendo armazenadas no corpo, no mundo que produzimos. Quando tomarmos consciência disso, parte essencial de nossa "terapia" será queimar esses estoques, viver por fim essas emoções num processo de luto longo, doloroso e indispensável.

* * *

A emoção negativa é uma massa flutuante, um monte inconsciente de virtualidades impessoais, um banco de nuvem sombrio prestes a derramar-se em uma chuva de dor sobre aqueles que não sabem reconhecê-la.

Quanto mais você quer escapar da dor, couraçar seus ferimentos, negar o mal, reparar o irreparável, mais cresce inexoravelmente a bola de sofrimento que o persegue.

É por fugir do sofrimento consciente que nos perdemos em labirintos infinitos de sofrimento cego.

Desenvolva a capacidade de sentir o sofrimento para se salvar do sofrimento.

Tudo o que recusamos sentir se materializa e nos captura.

Quem não veste o próprio luto, constrói para si uma morada de morte.

* * *

O sofrimento, ou a emoção negativa, é um mal virtual que se realiza quando não plenamente vivido. Ele se concretiza em nós, transmite-se para os outros, encarna-se no funcionamento patológico de um casal, de uma família, de uma organização, de uma sociedade. O mal materializa uma emoção negativa não liberada. Em vez de permanecer virtual, ser reconhecida e escutada como um sinal, uma mensagem, a emoção ganha corpo e se transforma no mal do mundo.

Se não ousamos viver a raiva, fabricamos um mundo agressivo. De duas, uma: ou reprimimos nossa agressividade, e então desaprendemos a dizer "não" e deixamos pessoas e situações agressivas se desenvolverem em nosso redor; ou em vez de viver a raiva, transformamo-la em ato, atraindo de volta a agressividade de que fugimos na ação.

Se não ousamos viver a fundo, plena e dolorosamente nossa frustração, se não fazemos o luto do objeto, criamos um universo de desejos infinitos e de frustrações permanentes.

Se todas as emoções não vividas se materializassem, aquelas que fossem vividas integralmente, sem serem julgadas, ativadas ou reprimidas, deixariam de materializar um mundo.

* * *

Quem não encara o próprio sentimento de culpa cria um mundo de acusadores. O covarde que teme o próprio medo inventa para si um mundo ameaçador. Aquele que se recusa a sentir a raiva que arde dentro de si constrói um mundo de ódio. O cobiçoso que foge de seu sentimento de falta e de pobreza fabrica um universo de frustração.

E eis o pior: aquele que é corroído pela raiva e pelo ódio de si transfere para os outros essa mesma raiva e esse mesmo ódio no lugar de vivê-los por si mesmo. O ser atormentado por um pavor que não consegue confessar para si envolve os outros em seu próprio medo, e assim sucessivamente. O que uma pessoa nos faz sentir é um excelente indício do que ela mesma sente sem que o saiba.

Se sentir as emoções negativas honesta e integralmente, não as transmitirá para os outros. Terá assim rompido, ao menos no que o concerne, a corrente fatal da transmissão do sofrimento. E esse é o melhor serviço que você pode prestar ao mundo.

O arrogante morre de medo. Os terroristas são habitados pelo medo. Aqueles que humilham se sentem inferiores. Só somos malvados porque nos detestamos. Tal como uma usina poluente que em vez de tratar os venenos que produz, lança-os no meio ambiente, aquele que faz os outros sofrerem padece, sem assumir, do próprio sofrimento.

Quando reconheço em mim os venenos do espírito e quando, por isso mesmo, resolvo *tratá-los*, em vez de jogá-los "fora", passo a contribuir para o saneamento do meu meio ambiente mental.

* * *

Ainda que tão firme e seguro, não faças ninguém sofrer;
Porque ninguém tem de se submeter ao peso da tua cólera.
Se desejas a paz eterna,
Sofre sozinho, sem que possamos, oh vítima,
Tratar-te de carrasco.

Omar Khayyam

* * *

Fazemos os outros viverem nossas próprias dores. Os outros nos fazem experimentar sua própria desventura. Nada se propaga e se comunica tão facilmente quanto a dor. Tanto assim que quando padecemos, sofremos da dor de todos os seres que, nesse momento, conflui para nós, tornando nosso sofrimento impessoal. Quando em vez de propagar ou alimentar a dor, deixamo-la arder em nós, aliviamos o gênero humano com as lágrimas que derramamos.

Os sentimentos costumam colorir nossas representações e interpretações. Se somos perfeitamente conscientes deles, se os vivemos a fundo e se, em vez de nos deixar pensar e agir como marionetes, mergulhamos no seio das emoções a fim de explorá-las, temos grandes chances de impedir que elas contaminem todos os aspectos de nossas vidas... e da vida dos outros também.

Você é capaz de *sentir* a menor variação no campo do sofrimento e do amor? É assim, e só assim, que você conseguirá impedir que o sofrimento se propague.

Quando sentir que fez algo de mal, pergunte-se: "Que sofrimento carrego à minha revelia? Que luto recusei vestir?"

Quem queima no inferno quer arrastar os outros junto consigo.

* * *

Um ser humano que sente integralmente seu sofrimento e o dos outros não pode provocar voluntariamente o sofrimento de um ser sensível. Uma pessoa plenamente consciente não pode ser violenta. A violência é necessariamente cometida na inconsciência. É por essa razão que todas as sabedorias, todas as espiritualidades insistem na presença, na consciência, na vigilância.

* * *

O mal não é o sofrimento. O mal é o sofrimento cego, transformado em reflexo, em hábito, materializado, endurecido em relações congeladas e em situações que se auto-sustentam.

O mal não é a tristeza. O mal só é o resultado da tristeza omitida, negada, reprimida, ativada, que se transforma em um mundo de tristeza. Até que, por fim, decidíssemos compreender o que ela estava querendo nos dizer...

A emoção, o toque da alma, pede para ser vivida. Se ao eclodir recusamos vivê-la, então ela irá se transmitir e se amplificar cada vez mais até que tenhamos entendido, provado e aprendido completamente o que está sempre a nos ensinar: que somos seres sensíveis, almas nascidas para o amor e que devem se libertar do sofrimento.

um só coração para todos os humanos

A raiz do mal é uma espécie de preguiça de existir e de sentir. Um pavor de entrar em contato com a própria luz. Uma fuga do instante. Querer fugir do momento, ou manipular a existência, adquire duas formas lógicas: desejar o que não se tem e rejeitar o que se tem. Eis os dois venenos do espírito: a cobiça e a agressão, o desejo e a cólera. Mas note que ambos decorrem do veneno original, o "primeiro motor" do mal: a intenção de se ausentar, a recusa de sentir o que se tem presente. É em conseqüência dessa recusa que começamos a ler as energias da vida como irritação e falta, problemas a resolver, e que a existência passa a ser uma corrida desvairada fora do instante, uma sede infinita, um querer viver que nada mais é do que um querer morrer. E assim nos tornamos mortos-vivos.

A cobiça e a agressão resultam de uma só intenção: a de fugir do sofrimento.

Só paramos de (nos) fazer mal, se (nos) sentimos.

Se nos identificamos com nossa sensibilidade no instante, abrandamos ao mesmo tempo nossa cobiça por todos os objetos. Com efeito, o cobiçoso *imagina* que será saciado pelo objeto de seu desejo, mas, *no instante* (isto é, na realidade), ele é torturado pela sensação de falta. Em vez de sentir que está se prejudicando, ele espera. Não percebe que a esperança é um veneno.

Se sentimos, ficamos conscientes, somos capazes de ver, não ficamos, portanto, ameaçados, nem precisamos ser agressivos. Mas o insensível, por causa de sua anestesia, vê-se no escuro, não sabe, não sente o que o atinge. Tem medo, e é por isso que tudo o irrita. Na realidade, é o próprio medo que o faz sofrer.

* * *

A insensibilidade, a indiferença, a anestesia representam a pobreza absoluta, já que anulam todas as riquezas. A ausência transforma tudo o que toca em chumbo. A sensibilidade e a abertura, por sua vez, são a riqueza absoluta já que exaltam e dão sentido a todas as outras riquezas. O amor transforma tudo o que toca em ouro.

* * *

Só sofremos de uma coisa: da incapacidade de amar.

Não ser capaz de amar, isto é, de amar a si mesmo, de amar o instante, de amar o mundo e os outros tais como são. É porque "não amamos" as *coisas tais como são* que nos dedicamos à cobiça e à agressão.

* * *

O que é um malvado? Uma pessoa que não ama ninguém. É porque não ama que faz os outros sofrerem. É porque não se ama que não ama ninguém. Quando nós, pessoas comuns, amamos isto e não aquilo, estamos amando apenas uma parte de nós mesmos, e esse desequilíbrio nos envolve numa queda sem fim.

* * *

Amar, ser compassivo, é sofrer do que o outro sofre. O malvado foge do sofrimento, não quer sentir. Foge assim do sofrimento do outro. É por isso que pode lhe fazer mal. A insensibilidade, ou a indiferença, é a essência da maldade, assim como a de todos os males.

Não amar, fazer sofrer, sofrer, eis a condição do insensível, daquele que foge justamente da própria sensibilidade para não sofrer! Amar é o verdadeiro prazer. Estar na terra e caminhar sem conseguir amar é o sofrimento supremo. Os malvados sofrem por não amar. Sofrem por fazerem mal.

Odiar é um sofrimento em si. Ser insensível é o pior dos sofrimentos, é ser um morto-vivo, não saber apreciar as coisas tais como são, não desfrutar da vida no que ela tem de mais maravilhoso: o amor.

Os malvados, os arrogantes, os orgulhosos estão tão longe da alma! Seus corações estão debaixo de um bloco de concreto. Como eles sofrem!

O maior sofrimento é estar fora da luz, fora do amor, da sensibilidade. O maior sofrimento é ser malvado. É, portanto, pelos malvados que devemos ter mais compaixão.

O desejo de jamais fazer sofrer, nem você nem os outros, o amor universal, eis o despertar, o fim do sofrimento.

O paradoxo está no fato de que o fim do sofrimento passa pelo despertar da sensibilidade, pelo desenvolvimento da compaixão, isto é, pela abertura ao sofrimento e à alegria universal.

* * *

Os sábios não se servem dos loucos para sofrerem. São compassivos e não vítimas. É justamente por serem sensíveis que não se prendem facilmente às armadilhas dos insanos. Estas só mordem as carnes anestesiadas.

* * *

Pouco me importa que você seja vencedor. Pouco me importa que você seja sábio. Pouco me importa que você tenha razão. Pouco me importa que você seja rico, poderoso, célebre ou que colecione títulos. Meu coração quer encontrar o seu coração.

Tantas pessoas mentiram para nós. Mentimos tanto também. Tudo o que construímos com palavras estava errado pois não era o coração que falava.

* * *

Aceite ser só sensibilidade. Toda sensibilidade. Só poderá conquistar o sofrimento se dele parar de fugir.

Você ainda tem de progredir na exposição, na abertura, no desnudamento de seu coração.

A meditação nos ensina a ser só sensibilidade.

* * *

Desenvolvendo a sensibilidade que temos por nós mesmos, aprendemos a nos conectar com a alma, a nos amar. *Sentimo-nos* ser.

Deus *é* a sensibilidade porque Deus é o ser. Estando continuamente atentos à delicada sensibilidade do corpo e do coração, a cada segundo, aprendemos a nos unir a Deus e a todos os seres.

Quanto mais somos sensíveis, mais nos tornamos sensíveis aos outros. No limite, o despertar da sensibilidade nos faz ver claramente a interdependência e a confluência de todas as sensibilidades. Ela nos conduz necessariamente ao amor universal. Participamos todos da mesma luz, do mesmo amor, da mesma sensibilidade impessoal.

Somos todos vítimas dos venenos do espírito que obscurecem o espírito de uma pessoa. Somos todos beneficiários do despertar que uma pessoa atinge. Porque não existe senão uma única luz.

Há duas maneiras de encarar a interdependência e a relação recíproca. De fora, pelas considerações ecológicas, econômicas ou o capítulo do coração / 55

sistêmicas. De dentro, pela sensibilidade à sensibilidade, pela compaixão, pela experiência que participamos todos da mesma luz. Pelo amor.

* * *

Só há um único sofrimento, um só coração que arde: o Sagrado Coração de Jesus, o coração de Avalokiteshvara, o Bodhisattva da compaixão. Um só coração dilacerado por toda a humanidade, que sente todos os sofrimentos, que experimenta o único e supremo sofrimento de todos os seres. Nossos corações são fragmentos deste último. Juntos formam um só coração. Temos todos o mesmo coração.

* * *

Somos compassivos, sensíveis ao sofrimento do outro. Somos tão *sensíveis à sua sensibilidade* quanto somos sensíveis à nossa, porque, e só porque, somos sensíveis à nossa. Então, o outro e "si" somos um só, intercambiáveis. Eis o amor. Existe uma profunda continuidade entre todos os seres sensíveis. As sensações morrem e renascem, os pensamentos morrem e renascem, o ego morre e renasce. Mas a mesma sensibilidade atravessa todas as vidas, todas as existências e não morre. Partilhamos todos da mesma luz: "sentir-se viver" e, em seu brilho, nenhum ser morre realmente. Quanto à continuidade essencial de tudo o que vive e sente, os limites de "si" são ilusórios. O outro sou eu. Eis o amor. A luz onde se alimenta toda consciência, toda sensibilidade, também é o amor infinito, já que, por ela, a grande corrente da vida é indivisível, por ela, todas as sensibilidades confluem: *cumpassion*. É o próprio princípio da existência: eis o amor.

Do centro ardente de seu coração espalhe alegria e felicidade a todos os seres sensíveis. Mas nem por isso vá se esquecer de lavar a louça.

o amor

Adotando um comportamento tranqüilo, você suaviza o mundo. Como tudo começa por seu estado de espírito, treine para atingir a *tranqüilidade de seus pensamentos*. Seguindo o fio da suavidade, você acabará encontrando o amor.

* * *

Aquele que nunca conheceu o amor, dificilmente distinguirá o amor da dependência.

O amor que faz mal só é amor no nome. Seja presente! Sinta!

O amor não promete. O amor não faz esperar. O amor não propaga o calor nem o frio. O amor é *bom* logo de início, o tempo todo.

O amor é totalmente estranho às relações de força, ao exercício do poder, à perseguição de um interesse.

Quer saber a diferença entre o amor e a sua caricatura? O amor é *libertador*, tanto para quem ama quanto para quem é amado. Você consegue perceber se ele o escraviza sutilmente, adula o seu ego, entorpece o fardo de viver? Há uma fatura a pagar? Então, não estamos falando de amor.

Amar sem ser amado é escolher não se amar, deixar o não-amor entrar em sua vida. Amar alguém que lhe faz mal é fazer deliberadamente mal *a si próprio*.

Quanto mais nos relacionamos com o outro, mais nos relacionamos *conosco mesmo*. Se assim não for, não se trata de amor, mas de alienação, dependência, rebate de egos.

Amar não quer dizer ser gentil, dar presentes, fazer o que o outro pede, imitar o amor, querer se refletir no outro, apegar-se a alguém que alimenta nosso ego, querer salvar o outro, etc. É o amor pleno, o coração que arde, só ele, a fonte de todo conhecimento.

Que extraordinária segurança nos dá o sentimento de amar e ser amado! De estar em contato, de alma para alma com *alguém*! De não estar mais só! Ter essa experiência permite encontrar-se consigo mesmo, amar a si mesmo. Ter essa experiência consigo próprio permite encontrar o outro nessa mesma condição.

As crianças brincam. As crianças vivem no instante. As crianças participam da dança cósmica. As crianças amam sem contrapartida. Os amantes são crianças.

* * *

Qualquer que seja a relação em que você se envolva, que seja o amor o seu único motivo.

* * *

Você só pode saber quem é se tiver sido amado.

O que significa "ter sido amado"? Significa que seus pais e aqueles que lhe eram próximos dirigiram-se a você como alma. Que você foi iniciado na dança cósmica. Que foi amado *incondicionalmente* (não há outra forma de amar). Que a afeição espontânea que você tem por seus próximos não foi utilizada para alimentar o ego, o narcisismo, o medo, a culpa, ou a dor deles. Em uma palavra, você recebeu quando criança o espaço necessário para identificar a luz de sua alma? Ou, ao contrário, aprendeu a formar um ego complementar ao de seus pais?

Se concluir não ter sido amado, inútil alimentar acusações, reprovações e ressentimentos sem fim. O único remédio, o remédio soberano, é amar a si mesmo.

Em vez de se condenar, dê a seus pensamentos, suas intenções, seus atos, a melhor interpretação. Sinta o amor que impregna todos os aspectos de sua subjetividade. Pare de se odiar. Você é bom. Pare de se julgar. Você é inocente.

Ame-se tal como é. Ame-se desde já.

Se *você* não se ama, como pode querer que os outros o amem? Será que pode lhes pedir para amar alguém que você não ama? Ninguém em sã consciência poderia segui-lo. Você só atrairia loucos...

Quando *Você* passa a se amar, tem muito menos "necessidade" do amor dos outros, pois a partir de então *você é amado(a)*! Amando-se, sendo amado(a), você não se jogará mais nos braços de qualquer um para fugir da solidão. Porque você se ama, sabe o quanto é precioso(a), e quer o seu próprio bem. Só assim será capaz de escolher, escolher de verdade, alguém que você ama e que o(a) *ama*.

Quem não se ama usa os outros para preencher as próprias deficiências, busca um ego complementar ao seu.

Só podemos amar os outros de verdade se nos amamos.

Amar-se, amar-se de verdade, não em abstrato, em geral, porque é preciso, mas amar-se com amor, tal como se é, com os detalhes de seu corpo e de seu caráter; não com um apego narcisista, mas com o amor da alma e que se dirige à centelha. Amar-se não é perguntar ao espelho se sou a mais bela, isso não é amar, amar com o coração. Olhar para a própria imagem é viver no terror da derrota. O amor não quer que você corresponda a um ideal, o amor não é orgulhoso, não despreza os outros. O amor é muito simples: o amor não quer que você sofra.

Quando perceber que está sempre se debatendo contra si mesmo, que é a si próprio que você não ama quando detesta o outro, então tenha compaixão por si mesmo. Sinta o sofrimento que se esconde por trás de sua cólera, sua reivindicação, seu ressentimento. Sinta a falta de amor. E esse amor que tanto falta, ofereça-o. Primeiro, ofereça-o a si mesmo. Compreenda-se, perdoe-se, ame-se. Depois dê também esse amor ao outro. Aquele ou aquela que está justamente na sua frente. Ame o próximo como a si mesmo.

"Ame o próximo como a si mesmo." Nem sempre entendemos o

sentido dessa fórmula: você deverá amar o próximo na exata medida em que ama a si mesmo. *Como* a si mesmo. Não é uma injunção autoritária: "Ame o próximo como a si mesmo!" É o enunciado de uma relação imutável, quase matemática entre o amor de si e o amor do próximo: você sempre amará o próximo como ama a si mesmo. Se você se ama mal, assim o amará. Quanto mais for capaz de se amar, mais será *feliz*, e melhor poderá amar o próximo. Você é o mais próximo de todos os seus próximos.

A observação microscópica dos pensamentos revela que fazemos constantemente, embora quase inconscientemente, um julgamento negativo de nós mesmos, de nossas ações, palavras e de nossos pensamentos. É difícil parar de se julgar, parar de sofrer, se amar porque o denegrimento de si é um reflexo íntimo do espírito. O amor requer um descondicionamento enérgico, intensivo e prolongado. Devemos até mesmo abandonar a idéia de que nos é difícil amar.

* * *

O ego quer expandir-se por toda parte. Sofrimento gera sofrimento. Amor desperta amor. Só o amor compreende o amor e revela o amor a si próprio. O amor ama os seres tais como são.

* * *

Os moralistas têm razão de sublinhar que o amor-próprio forma o motivo quase exclusivo de nossos pensamentos, palavras e atos. Mas esquecem de assinalar que o "eu", objeto de nosso amor, pode ter duas caras bem diferentes. Um primeiro "eu", separado do mundo, mentiroso, sedutor, agressivo, narcisista, ciumento, cobiçoso, assustado ou envergonhado. E um segundo, mais vasto e mais verdadeiro, que envolve o mundo. Podemos escolher nosso amor-próprio.

* * *

A Terra sustenta tudo o que tem vida, o Sol ilumina sem distinção a infinita variedade dos seres. Quando você tiver se reconciliado consigo mesmo, terá também se reconciliado com todos os seres. Tudo o que você odeia no mundo é aquilo que não consegue suportar em si mesmo. Quando tiver se reconciliado com seu próprio ego, seu próprio sofrimento, sua própria insensibilidade, então poderá amar o mundo com um amor universal.

Ame-se, e o Céu o amará.

Você teme ficar sozinha e, no entanto, está sempre acompanhada do ser divino. Teme a solidão e, no entanto, você poderia ser sua melhor amiga. Essas duas frases têm exatamente o mesmo sentido.

Nossa felicidade só depende de nós porque ser feliz é amar a si mesmo.

Amar a si mesmo, muito bem! Mas quem é "si"? Não podemos nos amar se não nos conhecemos. Ora, só podemos nos conhecer se tivermos sido amados.

Conhecer-se é distinguir o si (a luz do instante que envolve o mundo) *do ego* (a imagem que encobre os mecanismos do sofrimento e que se faz passar por nós).

No momento em que nos conhecemos como centelha do fogo divino, passamos a nos amar. Não podemos nos conhecer sem nos amar.

O amor é o sol das almas.

Amar o outro é reconhecer e querer que o mundo do outro seja belo. Como todos os mundos se implicam reciprocamente, o amor consiste em reconhecer e querer que o mundo seja belo. Ora, nós somos o mundo. Amar, então, é viver unicamente da vida da alma. Também vale dizer que não devemos nos agredir nem tampouco agredir o outro: trata-se sempre de nosso mundo. Quando percebemos a unidade da alma e do todo no presente, é impossível não amar.

* * *

É impossível compreender seja o que for sem compreender a beleza.

* * *

Se não há distinção entre si e o mundo, odiar alguém é o mesmo que odiar a si mesmo. O ser alerta ama absolutamente todo o mundo porque está em paz consigo, com o instante, porque tudo está exatamente tal como é, porque não espera nada de mais ou de melhor, porque não compara aquele que encontra com o que deveria ser. Seu amor e sua compaixão irradiam sobre todos porque não há "pessoas", mas apenas o instante. Ele sente a beleza do instante. Ele é o instante. Não é preciso fazer nenhum esforço para amar os outros.

* * *

O supremo conhecimento, aquele que faz ver que a vida tem um sentido, o conhecimento que é exatamente o conhecimento de Deus é a experiência do amor, da ternura e da compaixão incondicional.

Ter sido profundamente amado, ou amar-se integralmente, sem julgamento, permite amar outros seres, irradiar sobre eles o amor que recebemos de Deus, do Deus que se ama dentro de nós.

Uma alma salva (amada, amante, radiante) pode despertar outras almas. Essa corrente de amor, essa propagação de ternura entre os seres é a única e verdadeira religião.

Deus não é um ser nem uma substância. Deus é a plenitude das relações de amor.

Honre em cada ser o amor que o faz nascer a cada instante.

* * *

Amar, amar de verdade, incondicionalmente (e amar a si mesmo no mesmo movimento), tal o significado de "conhecer". Fora do amor verdadeiro, profundo, terno, sincero, incondicional, espontâneo, não há nenhum conhecimento do ser, da vida ou de Deus. O amor é conhecimento porque sem amar e sem ser amado não há maneira de orientar a vida. O amor é o pólo magnético e a bússola. Quem dele não dispõe está totalmente perdido. A experiência do amor é a luz e a visão. Quem dela é privado vive nas trevas. O amor é a fonte, o centro, o ponto de apoio absoluto de todo conhecimento, a referência última.

Saber, no sentido mais fundamental, é experimentar, encontrar, conhecer o gosto e a textura do amor.

Só conhecemos se amamos.

O amor se *sente*, como a luz.

Amar e conhecer são exatamente a mesma dilatação da luz.

o capítulo da presença

o pensamento e o instante

Nem os pensamentos nem as emoções *representam* o que quer que seja. Eles são.

* * *

Passado e futuro só existem nos pensamentos presentes. Acreditar no futuro e no passado (aqueles que nossos pensamentos produzem: não há outros) é manter-se ainda na ilusão de seus pensamentos. Esteja atento à qualidade de seus pensamentos *agora*. Só o instante existe e a qualidade da vida é a do presente.

* * *

Só podemos ter um pensamento por vez. A comparação entre dois pensamentos, o julgamento ou a lembrança de um pensamento é ainda outro pensamento. Quando somos tomados por um pensamento, ele parece ser o mais importante, o mais urgente. Mas logo em seguida esse mesmo pensamento dá lugar a outro, de tal modo que nenhum pensamento é importante.

Os pensamentos que nos parecem "importantes" e os sentimentos que nos parecem "vivos" em determinado instante passam para segundo plano ou são esquecidos no instante seguinte. Observar esse processo incessante de aparecimento e desaparecimento, de entrada em cena e de retorno à sombra, deveria ajudar-nos a não acreditar na importância do que quer que seja e a perceber que nosso espírito está continuamente construindo e destruindo essa importância.

* * *

Nada é absolutamente bom, até mesmo o melhor pensamento: ele poderia nos fazer perder o instante.

* * *

A maioria dos "pensamentos" vem do automatismo mental. O verdadeiro pensamento, o pensamento nobre, é percepção direta, contemplação, presença, criação, ação sobre si, envolvimento profundo, transformação do ser. O pensamento nobre jamais é julgamento. Sabemos que realmente pensamos quando percebemos diferente, quando um espaço se abre.

Só os pensamentos felizes são pensamentos verdadeiros. Não estou falando das verdades "objetivas", "universais", "científicas", mas sim das verdades existenciais, emocionais, da verdade das situações. Os pensamentos verdadeiros não são nem evasivas nem subterfúgios. Eles olham a vida de frente, aqui e agora. Os pensamentos verdadeiros são percepções.

* * *

A maioria dos pensamentos tece um véu que nos separa do mundo e de nós mesmos. Eles desviam nossa atenção do que acontece aqui e agora. Impedem-nos de *sentir*. Tentamos escapar da experiência direta do grande fluxo porque temermos renunciar à solidez ilusória de nosso eu e do mundo "exterior". No entanto, por trás do borrão dos pensamentos, conceitos, preconceitos e de todas as formas de loquacidade mental brilha a luz do despertar.

* * *

Para orientar nossa existência, é preciso saber discernir. Para saber discernir, temos de aprender a ver as coisas tais como são. Para ver as coisas tais como são, é preciso cessar de projetar nossos estados mentais no mundo. Para cessar de projetar, devemos nos conhecer. Para nos conhecer, precisamos ser nosso próprio amigo. Para ser nosso próprio amigo, esforcemo-nos para acolher com carinho todos os pensamentos. Para aceitar todos os pensamentos, paremos de distinguir entre os bons e os maus. Se quisermos sinceramente cessar de distinguir entre os bons e maus pensamentos, temos de meditar com constância e disciplina. Para meditar, é preciso distinguir, sem julgar, entre a plena consciência do instante e a fuga nos pensamentos. Nesse estágio, o problema de se orientar na vida não mais se apresenta. Moramos desde sempre no coração da existência.

miséria do homem

Jamais nos atemos ao tempo presente. Antecipamos o futuro, algo demasiado lento por vir, como para acelerar seu curso; ou nos lembramos do passado, a fim de detê-lo tão rápido nos parece. De tão imprudentes vagamos nos tempos que não são nossos e deixamos de pensar no único que nos pertence. E de tão vãos, pensamos nos tempos que nada são e escapamos, sem refletir, do único que subsiste. É que o presente, de costume, nos fere. Ocultamo-lo da visão porque nos aflige; e se nos é agradável, lamentamos vê-lo escapar. Esforçamo-nos para sustentá-lo através do futuro, e projetamos coisas que não estão em nosso poder num tempo que não sabemos se irá chegar. Se cada um examinar seus pensamentos, irá encontrá-los todos ocupados no passado ou no futuro. Quase nunca pensamos no presente; e se nele pensamos é só para extrair-lhe a luz e dispor do futuro. O presente jamais é nosso fim: passado e presente são nossos meios; só o futuro é nosso fim. Assim, nunca vivemos, mas sim esperamos viver. E nos dispondo sempre a ser felizes, acabamos por nunca sê-lo.

Pascal

o medo e o instante

O medo nos intima a fugir de determinado objeto ou situação. Mas é sempre da sensação, da própria experiência que queremos fugir. Encarar, sentir, estar presente consigo mesmo são umas das tantas vitórias sobre o medo. Se aceitássemos (nos) sentir, não deixaríamos as coisas chegarem até onde chegaram. Menos pesar haveria em nossas vidas e, em conseqüência, no mundo.

Não deixe sua atenção se desviar do todo. Vigie sua evolução global. Não perca de vista a totalidade. Conserve a presença de espírito. Enfrente toda a realidade.

A nobreza na atitude, o "porto", está na sincronia entre o corpo e o espírito. Fisicamente presente, o nobre habita seu corpo. Põe o peso da presença em cada um de seus gestos.

A tática infalível do adversário é fazer com que você fique ausente de si, nem que por um segundo. Quando o espírito abandona o corpo, você se perde. Corta-se o canal de comunicação entre as tropas e o Estado-maior. Eis o pânico.

A raiz da covardia está na fuga do corpo, na evasiva diante da situação. O espírito do verdadeiro guerreiro sempre acompanha o seu corpo. Está ali, alerta, presente, calmo, vigilante.

A vilania está na distração, na desatenção consigo e com os outros. Um ser se rebaixa quando o corpo não lhe pertence, quando seu espírito o deserta.

A coragem reside na determinação de enfrentar, assumir sua presença aqui e agora, não deixar o espírito se evadir.

Nas artes marciais, perder significa romper, nem que por um só segundo, a harmonia do espírito e do corpo.

Fracassamos porque em vez de observar e desafiar o que está diante de nós, ausentamo-nos em cálculos, planos e projetos.

O medo é uma vontade de fuga, um irrefreável desejo de não estar presente. O covarde não habita seu corpo.

O adversário quer "deixá-lo com medo", dissociar seu corpo de seu espírito.

O que significa "estar presente"? Habitar o próprio corpo e cuidar do espírito.

* * *

Estar presente é a um só tempo a mais simples e a mais difícil das disciplinas. Por que tão difícil? Porque se estou presente, presente de verdade, sem fugir, fico *vulnerável*.

* * *

Fugimos do instante presente porque o tememos. Mas é exatamente o medo que o torna insuportável.

o instante

Você é o instante e nada mais.

* * *

Seja feliz por um instante. Esse instante é sua vida.

Omar Khayyam

* * *

A raiz de todos os sofrimentos está na incapacidade de viver no presente, a cada segundo, e de nos maravilharmos com o fato de respirar, sentir, pensar, de nos relacionarmos com outros seres sensíveis.

Estar presente implica uma adesão integral às sensações e à experiência. Para isso seria necessário que os pensamentos parassem de ocupar nosso espírito ou, ao menos, que víssemos um pouco de través.

O espírito presente, como uma membrana muito fina, maleável e transparente, adere a todos os detalhes de seu campo visual, auditivo, olfativo, proprioceptivo e afetivo sem jamais se perder ou se desdobrar no pensamento que o faz descolar de seus sentimentos; sem se ausentar do fluxo de experiência, sem interpretá-lo ou conceitualizá-lo. Estar presente é tornar-se o próprio fluxo de experiência.

* * *

Deixando de me ausentar nos pensamentos, sinto minha própria presença envolver a presença de tudo o que constitui meu mundo. A partir do próprio movimento de retornar ao presente, torno-me sensível a mim e ao mundo, isto é, ao próprio instante.

Que sua alma esteja presente na dança cósmica, nas outras almas, em si mesma. Tudo é uma coisa só.

* * *

Nenhum bem é superior à alegria de existir aqui e agora.

Não há bem preferível à felicidade da pessoa que está diante de nós, aqui e agora.

O Bem não é a fonte da alegria, ele é a Alegria.

O Bem está na frágil, evanescente, qualidade do instante.

* * *

Você é a favor da alegria, da felicidade? É a favor do amor, da paz? Una sua vida a suas idéias e suas idéias a sua vida, concretamente, em cada segundo, agora, não rejeite o momento. Pois a única coisa que conta é esta vida daqui. Só a vida imediata é real. *Seja* o amor, *seja* a paz, *seja* a alegria. Agora. Todo o resto é hipocrisia.

* * *

O despertar supõe uma libertação de todos os conceitos e categorizações que reificam e aprisionam a existência. Todo ser que possui uma experiência direta do que quer que seja, e precisamente porque a possui, está alerta. Uma pessoa inventiva ou criativa desprendeu-se forçosamente dos preconceitos instituídos, seja no domínio da ciência, da arte, da cozinha, do amor ou de qualquer outro setor da existência. Ir além do instituído, do habitual, do mecânico, para poder criar ou interpretar livremente é sempre uma forma parcial de despertar. Parcial? Sim, porque ainda assim não atingimos o cerne do despertar que é a arte de ser humano.

Uma personalidade comum equivale a uma certa distribuição irregular e específica de seus momentos de presença, uma especialização ou uma filtragem singular de seu potencial de existência. O ser alerta, por sua vez, existe aqui, agora e em todas as direções, sem especialização nem filtragem. As pessoas aprisionadas pelo ego, encerradas em seus conceitos, limitadas por seus apegos não têm nenhuma idéia da qualidade e do poder da presença desperta, embora a base de seu ser seja precisamente essa presença arrebatadora.

Não quero apenas estar presente, mas "PRESENTE". A palavra deve ser gritada com força, bem alto, para marcar a intensidade da presença possível.

Proteja seu espírito dos venenos. Viva em plena consciência. Seja feliz. Quando o veneno chegar, abandone-se e se volte para a canção dos sentidos.

Vigie o espírito: é ali que se decide a qualidade do instante.

* * *

Cada instante é sagrado porque é um instante de vida. Porque a vida é esse instante. Portanto, tudo o que povoa o instante é sagrado, assim como tudo o que conduziu a esse instante, mesmo o sofrimento, mesmo as causas do sofrimento.

o presente é inútil

Kant diz que é preciso considerar cada ser humano como um fim e jamais como um meio. *Usar* o homem é o maior sinal de imoralidade. Eu diria (e é exatamente a mesma idéia, mas em escala molecular) que cada instante deve ser considerado como um fim em si mesmo e jamais como um meio. O instante é o ser humano. O momento, por exemplo, em que descascamos uma laranja é um fim em si e não um tempo morto que temos de despender para comer a laranja.

O círculo vicioso da desventura se nutre da relação entre os fins e os meios. A simplicidade da alegria está no fato de cada segundo de experiência ser um fim.

Nunca há um mal por um bem. A distinção entre o fim e os meios já é o próprio mal.

Na verdade, nenhum instante de nossa vida *serve* para alguma coisa, nenhum instante está a serviço do futuro.

O mais importante não serve para nada. Prestar atenção à cor do céu, amar, meditar...

Todos os cálculos são maus cálculos.

* * *

O prazer calcula e compara. A alegria funde o aqui e o agora.

* * *

A glória pode ser acumulada, servir, a alegria, não. Colecionamos fotos de pores-do-sol, mas não a atenção à cor do céu, agora, sobre nossas cabeças. Você pode juntar muito dinheiro, mas o amor ou arde dentro do peito ou se apaga.

Para que acumular ou entesourar o que não serve para nada?

Possuir? Querer possuir? Mas, o que quer que aconteça, só possuímos o segundo presente!

o presente é generoso

Não se perca no corre-corre e na "seriedade" da vida. Não se extravie nas brumas do ego. Desfrute da simples respiração. Aprecie o presente maravilhoso da visão, o dom da audição, a afluência dos odores, a presença misteriosa dos seres. Mergulhe na poesia do mundo tal como ele se oferece continuamente.

Neste exato segundo em que lhe falo, qual a sua atitude em relação ao dom extraordinário da vida humana?

Deus nos dá tudo, absolutamente tudo, a cada segundo. Ele nos dá o dom do instante, porque só há o instante.

* * *

O certo é que não possuímos nada. Tudo, porém, nos é oferecido a todo momento.

É inútil apegar-se ao que quer que seja, uma vez que a existência está sempre disponível. Ao nos apegarmos a um objeto ou a uma qualidade particular da experiência, fugimos de todo o resto.

* * *

Há duas figuras do presente. Uma é infeliz, pois tudo escapa à sua apreensão, à sua vontade de reter. A outra se estabelece numa alegria eterna e incondicional. O presente feliz nada tem a reter pois tudo lhe é e será oferecido sem contrapartida.

* * *

A beleza lhe foi dada gratuitamente e você a recebe gratuitamente. Fora do cálculo perpétuo.

A superabundância do que lhe foi dado a cada segundo é entorpecente.

Nada lhe falta.

o presente é belo

Busquemos tornar o mundo mais belo, para nós e para os outros. Isso implica superar a negligência, a preguiça, a ignorância, a desordem e a confusão. Podemos desenvolver a beleza, a destreza e a precisão em todos os aspectos de nossa vida: a cozinha, o vestuário, a decoração, a linguagem, o trabalho e as relações com os outros. Tudo o que fazemos deve ser bem feito. Quanto ao resultado de nossos atos, este não nos pertence.

Vá para o trabalho como se estivesse indo para seu primeiro encontro. Trabalhe como se estivesse fazendo amor (e não o inverso). Lave a louça como se estivesse contemplando as cataratas do Niágara. Faça as compras como se fosse um Rei Mago em dia de Natal. Descasque os legumes como se estivesse esculpindo Davi. Troque seu bebê como se estivesse realizando o primeiro transplante cardíaco. Preencha a declaração de imposto de renda como se estivesse compondo uma grande missa em *ut*[1]. Recolha o lixo como se estivesse degustando um belo vinho.

---

1) Nome da primeira nota da escala musical. No século XVI, foi substituída pela sílaba *dó*, de emissão mais fácil. (N.T.)

O que a vida tem de mais extraordinário está nos momentos mais banais. Em qualquer momento. Agora.

Torne cada segundo de sua vida mais belo, mais poético, mais sagrado.

* * *

Há hoje uma espécie de frenesi de dessacralização. É preciso reconhecer o aspecto positivo dessa tendência: dissolver todas as formas de idolatria e de fetichismo. Mas não esqueçamos de que o esforço espiritual visa justamente ao objetivo inverso: tudo reintegrar no sagrado, cada átomo de existência, cada segundo de vida.

* * *

Ao descobrirmos algo de belo, não nos contentemos com seu sinal de beleza, seu brilho fugaz. Que a emoção da beleza, a admiração, a gratidão desabrochem em nossa alma. Abramos o coração para a beleza até nos tornarmos a própria beleza.

Tudo é belo.

a grande igualdade do instante

Pese cada onda de existência que o atravessa: esperança ilusória ou alegria do instante? Alimento narcisista para o ego ou força de vida? Abertura de espaço ou eterno argumento do sofrimento? Guerra contra si ou paz com o mundo? Os enófilos reconhecem os vinhos ficando sensíveis a toda sutileza, a todo leque de perfumes e gostos. Você também, já que teve a sorte de beber o vinho da vida, sinta, prove, aprecie com a maior acuidade o fluxo variável do suco da existência. E não escolha. Sorva todos os tragos, depois deixe-os fluir um por um.

* * *

*O Corão, que os homens denominam a palavra suprema,
lê-se de tempos em tempos, mas quem o lê sempre?
Ah! Sobre as linhas do cálice, um texto adorável está gravado
Que a boca, na falta de olhos,
ela própria, sabe ler.*

Omar Khayyam

* * *

Você está em uma determinada situação. Você é essa situação. Mas imagina que uma outra situação seria melhor, ou que essa mesma situação será melhor mais tarde, ou que ela era melhor antes, ou que outras pessoas gozam de uma situação melhor, ou que essa situação é apenas uma forma de conseguir outra. Você já não está mais lá. Ao fugir daquilo que chama de sofrimento ou ao perseguir aquilo que imagina ser a felicidade, você não vive a única vida que está à sua disposição, a do instante.

Você está tão ocupado pensando no que as coisas deveriam ou poderiam ser que não vive plena e conscientemente o segundo de vida que lhe foi dado agora, o único que conta, o único que existe de verdade. Você rouba de si mesmo a própria vida.

A meditação é uma aprendizagem do instante.

* * *

Carpe diem.

* * *

O *sofrimento* nasce porque imaginamos, tememos ou esperamos uma situação diferente da situação presente. Se aderíssemos às coisas tais como são, só haveria *energia*.

* * *

O espírito quase nunca está calmo, num estado que nos permita ver a realidade tal como é. Ele é movido por uma espécie de pressa, urgência, febre, desejo, sede, cobiça, irritação, que nos faz perder seu estado natural. Está sempre agitado por pensamentos. Quando estamos totalmente presentes, deixamos de querer buscar outro lugar e o espírito pára de se agitar. Deixe o espírito descansar em seu estado natural. Abrande o desejo, a pressa, a precipitação. Verá as coisas tais como são.

Se você não tivesse desejo nem aversão, portanto nenhum sofrimento, jamais desejaria abandonar o instante. Nunca se sentiria pressionado. Seria único. Descansaria. Estaria em paz.

A disciplina do instante é uma aprendizagem da paz.

* * *

Sentir as emoções significa estar presente, não ser pressionado a dele escapar.

Somos pressionados porque sofremos. A pressa é sinal de falta, de vício. Repousar no instante é o maior sinal de independência.

Se todas as aversões e todos os desejos (a pressa da aversão e do desejo!) são pensamentos e se todos os pensamentos são vazios, como sonhos, então, a pessoa que vê o vazio dos pensamentos e das percepções no momento em que eles surgem jamais será presa da pressa de abandonar o instante presente. Para ela tudo seria igual, tanto faz.

* * *

Não confundamos indiferença com eqüidade, nem desinteresse com abnegação.

* * *

Que os fenômenos antes se reflitam com clareza na superfície lisa do espírito do que nela provoquem as ondas da aversão e do desejo.

As ondas da aversão e do desejo são fenômenos como quaisquer outros.

* * *

O instante é uma bolha de sabão cintilante em que só podemos penetrar quando o espírito não é mais cutucado pelos espinhos da aversão e do desejo.

* * *

Todo instante é sagrado e clama por uma lentidão sagrada.

o tempo não passa

Você está andando na rua. Avança rápido. Os pensamentos rodopiam a todo vapor. Freie o passo. Perceba o contato alternado de seus pés com o chão. Relaxe a nuca, os ombros, a garganta. Sinta a atmosfera da cidade, desse instante, nesse lugar. Olhe as cores. Deixe-se penetrar pelos sons. Que espetáculo extraordinário! Ainda mais devagar, por favor! Respire calmamente, sem forçar. Escute os pensamentos, ouça-os falar em seu espírito. Observe as sensações que vêm do corpo. Sinta o Céu, a Terra, as casas, o trânsito, sua presença tão estranha, tão singular. O mundo, as sensações, os pensamentos, tudo está na alma. Você se desloca para o interior do espaço infinito da alma. Aqui e agora, o mundo o faz renascer e você secreta a vida que ele irradia, todos os segundos, um se confundindo com o outro, suspensos no vazio.

* * *

A matéria da existência é mágica, rara, infinitamente preciosa, translúcida e luminosa como uma capa de diamantes, leve como um reflexo numa bolha irisada.

* * *

O tempo não passa. Não há tempo a perder nem a ganhar. O tempo não é um fardo.

* * *

Aqui convergem todos os tempos. *Agora* contém todos os lugares.

* * *

Estar aí.
Ser o que aí está.
Nada serve mais para nada.
Nada mais é calculado.
Liberdade.

* * *

Não há nada a esperar, nem nada a atingir. Estamos aí. Já estamos aí. Estamos aí desde sempre.

o livro do incêndio

Antes apagar o descomedimento do que um incêndio.

Heráclito

a encarnação

O caminho espiritual consiste em nascer, nascer sempre, encarnar-se completamente, confundir-se com a vida até que o mundo se torne a palpitação de sua própria existência.

O mais difícil é descer no mundo, aceitar, enfim, nossa encarnação. Fugimos por muito tempo, e é sempre de nosso nascimento que fugimos. Se continuamos recusando nascer e morrer a cada instante, se rejeitamos a encarnação, deixamos o curso livre para um sofrimento que só pode ser confrontado em seu próprio campo de batalha.

A "realização", ou a concretização espiritual, acontece na matéria. Trata-se muito mais de uma descida do que de uma elevação.

Só podemos santificar o mundo se o habitarmos totalmente, até os menores recantos do corpo, da matéria, do sofrimento.

Para a grande obra de transmutação, não há nada demasiado vil ou baixo.

O contato com o obscuro, a matéria, o sofrimento é "a primeira verdade nobre" de Buda. Os cristãos escolheram como emblema o corpo de um Deus morto sob tortura.

A encarnação significa que somos divinos desde a origem até a ressurreição, que nos desperta para essa divindade. Mas entre as duas... o incêndio.

o capítulo da identidade

sair do labirinto

Cedo ou tarde será preciso enfrentar o seu dragão. Cada um de nós tem na vida um monstro diferente. O que parece terrível para uns, para outros nada mais é do que um incômodo passageiro. Mas para todos existe um "grande medo", um Minotauro no centro de seu labirinto interior, uma besta imunda a ostentar nosso rosto. Um dia será preciso lutar *por si*, por sua própria causa, e não por alguma finalidade elevada, social, política, humanitária, espiritual ou qualquer outra. Decida-se de vez a enfrentar o que o impede de viver plenamente. Guerreie por sua vida. Lute contra o seu grande medo. Hoje é um bom dia para aceitar o combate, parar de fugir, lutar com o que mais o aterroriza. Você entende que as pessoas e as situações que o deixam mal são meros disfarces desse medo, as máscaras do dragão que o habita?

Toda vida contém uma descida aos infernos. O labirinto é uma representação clássica do mundo infernal (o rei Minos era juiz dos infernos), mas também da matriz. Como sair do labirinto? Como retornar do país dos mortos? Como ressuscitar? Como renascer? Como nascer?

Teseu, como todos os heróis, combate o monstro antes de unir-se à princesa. A princesa, ou Ariadne, é seu lado feminino, sua *anima*, sua parte emotiva e terna. Foi porque se uniu à sua parte feminina por um fio, porque se uniu consigo mesmo que Teseu pôde vencer seu medo (o Minotauro) e tornar-se livre (sair do labirinto). Ele está suficientemente seguro de sua identidade sexual para aceitar seu lado feminino. É a energia da união consigo, do encontro consigo mesmo (o fio que une Ariadne a Teseu) que lhe permite tornar-se livre. Tornar-se livre, tornar-se uno e vencer o próprio medo são a mesma e única coisa.

Ariadne, como todas as companheiras dos heróis, libera seu lado masculino, sua força e coragem.

O herói que libera a princesa aprisionada emancipa seu próprio lado feminino.

O dragão é sempre o medo, o medo de ser si mesmo... ou de deixar de sê-lo se nos liberarmos.

O argumento que se apodera de nosso ser e no qual nos aprisionamos: eis o nosso dragão. Enfrentar o dragão é reencontrar *a* situação, exatamente *a* situação em que a armadilha se acomodou. Retornar ao instante da queda, ao lugar onde perdemos a liberdade. À frase que nos condenou. À idade em que perdemos a visão. Devemos reencontrar esse instante de que queremos fugir com todas as nossas forças. E uma vez lá, será preciso reviver o nosso papel, mas, desta vez, saindo da armadilha por cima. Se o acontecimento original tiver provocado o medo ou o orgulho, devemos nos desprender com plenitude ou humildade. Sair com inocência se tiver sido a culpa a origem da situação.

Herói, princesa e dragão são a mesma e única pessoa.

Só consigo apreciar a mulher que há em você, porque minha dimensão feminina é capaz de reconhecê-la. Só sou capaz de amar a mulher que há em você, porque amo a mulher que há em mim. Você só consegue amar o homem plenamente homem que há em mim porque tem em si essa dimensão de virilidade assumida, plenamente realizada, amada. Então você é capaz de amar o homem que sou, sem invejar minha virilidade, sem temer minha estranheza. Da mesma forma, meu amor por você não está misturado com nenhuma inveja de sua feminilidade triunfante, nenhum medo, porque essa feminilidade também está em mim. O amor é a relação recíproca das almas e de suas diferenças. Uma "identidade" que não considera as identidades diferentes que encontra é uma identidade morta, reativa, odiosa, impotente. Amar é despertar o outro que há em si.

Abandone para sempre as opiniões que os outros têm de você. Afaste-se completamente das imagens e representações que você faz de si mesmo. Abandone totalmente qualquer idéia de mérito ou de culpa, de inferioridade ou de superioridade. Não há nada a "provar" nem para si nem para os outros. Pare de perguntar quem você é. A identidade é uma sujeição: você só é manipulado porque forjou uma imagem de si mesmo. A identidade é uma prisão.

Saia do labirinto da identidade.

* * *

"Eu existo" é o título mais elevado. Tudo o que lhe acrescentarmos o depreciará.

problemas de matemática afetiva

Quando nascemos, herdamos problemas impessoais de matemática afetiva que devemos resolver em nosso íntimo.

Todos nós significamos uma porção de coisas para os nossos próximos. Coisas que não são "nós", mas que acabam sendo.

Pais e filhos, irmãos e irmãs, amigos e inimigos tecem inextricáveis labirintos de ambições, medos, culpas, rivalidades e lutos, por meio de suas identificações, projeções e reflexos.

Os nós do coração se complicam e se transmitem de uma alma para a outra, até que, por fim, um herói — nós, talvez — decide resolver o enigma e corta de vez o fio do sofrimento.

* * *

As pessoas são, umas para as outras, reflexos deformados de seu próprio ego.

Quis ser rico e assumi uma determinada caricatura de capitalista. Quis ser inteligente e vesti uma caricatura de gênio. Quis ser bom e me casei com uma caricatura de mulher angustiada. Todas elas eram projeções de meu ego. Mas se para mim este último corresponde a determinado aspecto de meu ego, para outra pessoa, provavelmente, ele corresponde a algo totalmente diferente. Devo compreender também que eu próprio, para os outros, sou uma projeção de seu ego e, até mesmo, uma projeção diferente para cada um deles. Jogo de ilusões. Quando nos dermos conta de tudo isso, conseguirmos *ver* tudo clara e distintamente, teremos ainda o direito de ficar bravos com alguém?

Todos os seres que encontramos "são", na verdade, nós mesmos. Todos trazem uma parte essencial de nosso enigma, são telegramas cifrados, mistérios que temos de esclarecer para nos compreender e nos tornar quem de fato somos. Nossa mãe, nosso pai, nossos irmãos e irmãs, nosso companheiro, nossos filhos, amigos, colegas são uns dos tantos arcanos a desvendar, umas das tantas mensagens que nossa alma envia para si mesma. Cada um desses seres é nosso próprio ser. Eles nos constituem. Detêm o segredo de nossa identidade. E isso se estende a todo o universo: o lugar onde vivemos, nossa sociedade, nossa época. Eles nos criam e nós os criamos. Essa produção recíproca e paradoxal não deve ser entendida à maneira como o oleiro fabrica uma peça de cerâmica, mas antes à maneira como o sonhador fabrica o sonho que o faz sonhador.

Quem são todas essas pessoas que nós somos? No momento em que sonhamos, *somos* o sonho.

* * *

Há sempre no ambiente sinais de outras vias possíveis (pessoas, lugares, livros, palavras...) que podem nos ajudar a encontrar o caminho de nosso ser profundo. Ainda assim precisamos apreender esses sinais e seguir obstinadamente os fios que conduzem à saída do labirinto. Estaremos preparados para enfrentar situações perturbadoras?

* * *

O sofrimento físico nos adverte quase sempre de emoções ocultas: algo não vai bem. Estamos demasiado longe, ainda muito longe de nós mesmos.

O corpo sensível é um livro selado onde se inscrevem em caracteres cifrados sinais vindos de um mundo invisível.

Nosso corpo não cessa de nos falar. E ainda assim é preciso ouvi-lo.

As situações em que você está imerso assim como as pessoas que o cercam são como um segundo corpo, mais distante do que o corpo em carne e osso, mas tanto quanto revelador de seu estado de alma. Podemos ler em nosso mundo o reflexo baralhado, deformado, criptografado de nosso rosto interior.

Seu mundo representa seu coração em caracteres cifrados. Você pode se mudar, transformar sua situação familiar, trocar de emprego, fazer novos amigos, descobrir ambientes desconhecidos, abrir-se para interesses diferentes. Tudo isso, sem dúvida, contribuirá para sua metamorfose pois o mundo que o cerca modela e nutre a vida de sua alma. Mas nada disso servirá se você simplesmente transferir situações análogas para um outro lugar. É impossível fugir de si mesmo. Não tome o signo pelo que ele indica.

O ego reconstrói inexoravelmente o meio que o sustenta.

as condições

O ego é um conjunto de condições que você impõe à vida.

* * *

Amor, saúde, dinheiro, status, prestígio, reconhecimento, filhos, etc. O ego resume as condições que impomos à vida. Nós *nos tornamos* essas condições em vez de nos identificarmos com nossa alma luminosa.

O ego está a todo momento confirmando e dilatando sua existência através de condições que ele não pára de exigir. Não há, porém, existência mais poderosa do que a da presença autêntica, incondicional: estar presente, verdadeiramente presente, para além dos conceitos e das imagens.

"Seria feliz se... Serei feliz quando... Sou feliz na medida em que..." Fórmulas do ego, receitas infalíveis da desventura.

As pretensas condições de felicidade nada mudarão, porque o certo é que você sempre estará consigo mesmo. Faça, portanto, as pazes com sua alma, sem condições.

O sábio se identifica com a vida tal como ela é agora. Identifica-se com o fato de que a vida existe, de que há uma existência aqui, agora, sentida aqui e agora, sem "Seria preciso", sem "Você deve", sem condições.

O ego enfraquece depois de "O que nossa vida deveria ser". A alma desfruta da vida tal como é, exatamente como é.

* * *

Não há liberdade sem renúncia. Abandone todos os seus objetos de cobiça e agressão. Abandone toda e qualquer idéia do que as coisas deveriam ser. Pare de se prender a uma imagem de si mesmo. Abandone o ego. Viver plenamente cada segundo é aceitar morrer cada segundo.

Tudo aquilo a que você não renuncia vira motivo de temor.

Tudo aquilo a que você se apega, "retém-no", aprisiona-o. Se quer se liberar, relaxe.

Tanto no mundo quanto em nós mesmos, temos o hábito de comparar aquilo que é com aquilo que deveria ser. Agindo assim, acabamos nos extraindo do presente, nos concentrando sobre a falta, a pobreza. Se parássemos de comparar, encontraríamos a inesgotável riqueza do que nos é dado e as virtualidades infinitas de cada situação. Mas para encontrar essa riqueza, é preciso renunciar. Para encontrar a plenitude do instante, devemos deixar de lado todos os nossos "ideais", abandonar as idéias, os conceitos, os modelos e as imagens. Devemos aceitar que a base de nossas ilusões sempre nos escapa. Todo desprendimento, toda renúncia é uma pequena morte. Devemos aceitar morrer. Morrer da morte das imagens. Perecer da morte do que nos impede de viver. Morrer da morte do ego.

o escravo dos pensamentos

O mal sempre se dirige ao ego, agarra-se em suas imagens fetiches. Apegos, agressão, ilusão, ignorância, arrogância, preguiça, mentira, orgulho, inveja, medo, culpa, etc.: se você não tivesse mais ego, o mal perderia ascendência sobre você e não poderia mais usá-lo para se expandir.

Os pensamentos do ego alimentam as imagens daquilo que "você" ou as coisas deveriam ser. São a raiz de todas as más ações. Pensamentos levados a sério e não reconhecidos como ilusões de um sonho, manobras habituais do ego.

O ego lança pensamentos e o espírito sai correndo atrás, como um cachorrinho. Fascinado, ele leva os pensamentos a sério. Excitado pelos pensamentos, é impelido a correr atrás de outros pensamentos, a falar, agir em conseqüência.

Ao enredá-lo em pensamentos que implicam palavras e atos, o ego parece confirmar-lhe a existência quando, na verdade, só o está afastando cada vez mais da presença autêntica, nossa forma suprema de existir.

De tanto falar consigo mesmo, você deixa de ouvir o que o mundo lhe diz, esquece o coração.

Escute! Quem está falando?
Escute! Quem está respondendo?
O ego ou o coração?

a duplicidade

Uma nova definição do ego poderia ser: a mentira ou a duplicidade. Uma espécie de mecanismo reflexo começa insensivelmente a criar uma segunda realidade, a das aparências, daquilo que deveria ser, daquilo que não sou eu. De fazer crer a deixar crer, de deixar crer a crer, de crer a fazer, de fazer a mandar fazer... Umas das tantas maneiras de fugir da realidade e de não mais saber o que se sente. O grande mentiroso arrasta tudo o que há ao seu redor para um universo duplo, movediço, manipulado, enganoso.

Para o grande mentiroso, a realidade é antes uma matéria a se trabalhar do que um dado a se observar.

* * *

O ego é para o ser autêntico aquilo que o sistema da mídia é para a sociedade real. Acha que representa o todo quando não passa de um parasita da presença autêntica. Tal como a mídia, ele desperta a glória e a vergonha, a esperança e o medo e nos faz viver num magnífico palácio de imagens onde a existência é miserável.

Não estamos aqui na Terra para corresponder a uma imagem — a que temos de nós mesmos ou a que os outros têm de nós —, mas para dar e receber amor. Portanto, não usemos o mundo — os "olhares externos" — como um espelho que possa nos revelar nossa existência.

Você é como aquela pessoa que está sempre querendo imitar a imagem que o espelho lhe reflete.

O ego enreda-o em uma "identidade". Mas o que é a identidade? Uma imagem que envenena a vida ao duplicá-la.

Que distância entre a desordem e a qualidade mutável de seu fluxo de experiência e a imagem ideal que você faz de si mesmo!

O ego é um signo que se mantém de signos, um parasita que sujeita a vida a um trabalho contínuo de produção de signos de prazer, felicidade, domínio, poder, reconhecimento, vantagem, etc.

* * *

Queria provar (para quem?) que eu era corajoso. Envolvi-me em situações muito difíceis, vendo-me sozinho contra todo mundo para mostrar que era corajoso. Por quê? Quem liga para isso? Tive uma vida difícil e cheia de conflitos. Forjei uma vida em que era possível me mostrar corajoso. Queria provar (para quem?) que eu era bom. Criei situações em que "salvava" os outros e nas quais ficava evidente que eu era bom, gentil. Na realidade, deixei-me iludir gravemente. Todos os acontecimentos de minha vida vêm desse debate estúpido que travo comigo mesmo. Por que atribuí tanta importância à idéia que forjei de mim mesmo? Ninguém está preocupado com isso, e eu poderia ter levado a vida de forma bem diferente. Em vez de existir simples, natural, alegremente, representei na cena do mundo o drama de meu ego e desperdicei minha vida.

* * *

Todo o sofrimento inútil vem das situações que as pessoas constroem por aceitarem a atividade absurda que o argumento do ego lhes impõe.

* * *

Para liberar-se da escravidão do ego, viva, cada segundo, no plano do fluxo da experiência real e deixe de se perder nas imagens que constrói de si próprio. A atenção ao instante, a vigilância que impede que o espírito se extravie nos pensamentos, a plena consciência do corpo vivo, a visão ampla das situações, a consideração sincera e aberta da existência real dos outros: umas das tantas formas de reduzir o império do ego.

Mais vale que as sensações desabrochem sozinhas do que duplicá-las, perturbá-las e recobri-las com nuvens de pensamentos. É aí que a duplicidade começa.

* * *

Você vive para contar o que faz para os outros, para si mesmo ou você simplesmente vive aqui e agora?

a separação

O ego se desenvolve a partir da ilusão de que alguns acontecimentos me dizem respeito (de que até mesmo *são* "eu") e outros não.

Para os que estão alerta, só existe um único mundo.

Heráclito

O ego nos faz esquecer que somos o mundo.

A vítima do ego quer desesperadamente que o mundo gire em torno de si. Mas, na realidade, todo o seu ser depende da imagem que os outros lhe refletem, dos prazeres que busca, das confirmações — jamais suficientes — que reclama sem cessar do ambiente. Ela está totalmente *descentrada,* e não se contém em si mesma. Quem se libera do ego pára de esperar que o universo gire em torno de seus desejos e de suas aversões. Deixa de querer pôr o mundo a serviço de sua imagem e ri daquelas que os prisioneiros do ego lhe refletem. Este último se basta. Está realmente no centro do mundo. Ele é o mundo.

* * *

A exigência de *desprendimento* parece paradoxal pois ele envolve ao mesmo tempo a conexão consigo mesmo e a compreensão de que formamos um único ser com os outros, as situações e o mundo. Mas é justamente do ego que devemos nos desprender, e dele somente, já que este resume tudo o que nos desune, nos particulariza, nos fecha e nos desconecta.

Um dia estaremos definitivamente desprendidos, livres, separados de nosso ego: último ardil do ego.

* * *

Somos quase todos incompletos: falta-nos saúde, ou inteligência, ou dinheiro, ou um título, ou um parceiro sexual... Bastaria, porém, que deslizássemos para o centro de nossa vida para descobrir que sempre fomos inteiros.

* * *

Aproxime-se ao máximo daquilo que está sentindo. Volte-se para a vida da alma. A única totalidade, o único mundo que existe realmente é aquele que você abraça. Riqueza infinita da vida da alma: só ela existe, ela é tudo.

O ego nos faz crer que há algo além da vida da alma no instante.

A violência não é senão a separação, o rasgo do grande tecido, a separação do bem e do mal, do ser e do dever ser, do eu e do outro, de si e do mundo, daquele que percebe daquilo que é percebido, de si consigo.

Tudo é feito da delicada matéria da alma. O primeiro dualismo separa o sujeito da experiência.

* * *

O ego determina tudo o que nos afasta de Deus, isto é, tudo o que nos distancia da inocência e da espontaneidade.

O ego destaca tudo o que nos separa de Deus, isto é, tudo o que nos separa.

Toda separação é uma separação de si mesmo.

a vitória e a derrota

Observe-o! É só um agressor, um *pitbull*. Seu prazer é mostrar que ele é o chefe, que comanda, que pode dominar, fazer mal, morder. Sua única finalidade é vencer e imagina que todo mundo é como ele. Considera qualquer outro modo de viver como fraqueza ou hipocrisia.

Ao decidir ganhar, você opta pelo mal. Oscila no mundo dos mortos-vivos, o mundo em preto e branco dos obcecados pela vitória.

O mal ganha sempre. O mal sempre ganha porque é só isso que sabe fazer: ganhar. É sua única preocupação e é assim que o reconhecemos: ele ganha, é vitorioso, ele triunfa.

Os sábios nada têm a ver com vencer: eles vivem. A vida é tão mais bela, rica e verdadeira do que a vitória! A vitória só é sinal, aparência, ego. Só o amor penetra na plenitude e na continuidade da vida. Aos insensatos, que não conseguem atingir a riqueza da existência nada mais resta senão a vitória. E com a vitória eles só conservam a vaidade.

* * *

Um homem muito rico tinha um belo castelo no campo cercado por um grande parque onde seus jardineiros haviam reunido todas as maravilhas da natureza. Mas em vez de morar no palácio, o rico homem passava o tempo tramando intrigas políticas na atmosfera poluída da capital. Você é o homem rico, o castelo é sua presença sensível e a capital poluída, seu ego.

* * *

Quem está enredado nas malhas do ego quer ganhar mais, ganhar sempre. Quanto menos se vive, menos se aprecia o presente, mais é preciso assegurar-se da própria existência, forjando uma imagem de si. Então persegue-se o poder, o dinheiro, o prazer, o prestígio, o sentimento de ter razão, e o que mais sei eu... Mas com todos esses objetos, tem-se como recompensa o ressentimento, a culpa, o medo, a dúvida, a falta. O prisioneiro do ego só pode continuar vencendo, se deixar os outros num nível ainda mais baixo do que o seu, se propagar a gangrena do ego: forçando os outros a guiar o pensamento pela vitória e derrota, pelo prazer e pela dor. Desperta o medo e a esperança. Quer que os outros "duvidem de si mesmos", ainda mais do que ele. O malvado perturba você, envolve-o, desestabiliza-o, descentra-o. Quer seduzi-lo, amedrontá-lo, fazê-lo sofrer. O sábio, por sua vez, aponta-lhe sorrindo a ternura do instante.

o bem e o mal

A aversão é um sofrimento causado pela presença de um objeto. O desejo é um sofrimento causado pela ausência de um objeto. Se o ego é uma série de pensamentos de aversão e de desejo, então uma pessoa desprovida de ego (que não acredita em seus pensamentos), nada "preferirá".

Observe-se cada vez que se sentir agredido. Descobrirá que a agressão sempre se deve ao ego. Porque você se "apega" a isto ou aquilo. Uma pessoa sem ego descobriria que tudo é bom, tudo é igual. Para ela, nada mais seria bom ou ruim.

Sofremos por causa do "bom" e do "ruim".

* * *

*Na alcova e na escola, no mosteiro
e na sinagoga
Abrigam-se os que temem o Inferno
e buscam o Céu.
Quem conhece os segredos de Deus
Não lança tais sementes
no seio do coração*

                                               Omar Khayyam

* * *

O mundo do ego é em preto e branco: o bem e o mal, o prazer e a dor, a vitória e a derrota, ser privado de um objeto de desejo ou consegui-lo... O mundo da vigilância é em cores: nossa experiência modula uma infinita variedade de qualidades de energia. O mundo do ego e o da vigilância são exatamente o mesmo, só a visão difere.

Não amo o que sou. Sinto falta do que não tenho. Palavras do ego.

Temos sempre tudo. Tudo tem o gosto da existência. Experiência da vigilância.

"Tudo é sempre exatamente como é": pensamento escandaloso, experiência de suprema graça.

Alma igual, mundo igual.

* * *

Não haver mais algo bom ou ruim não indica indiferença, insensibilidade ou negligência. Estaríamos assim confundindo abnegação com desinteresse, o fato de ser curioso por *tudo* com o fato de só se entreter com as aversões e os desejos.

Quando virmos alguém desejando ou rejeitando, amando ou odio capítulo da identidade / 99

ando, brigando ou se irritando, pensemos: ele está sofrendo. Então, tenhamos compaixão!

* * *

A sociedade não cuida das almas, da vida interior, da existência real. Ela só exige uma coisa: cuide das aparências. Se você é capaz de manobrar seu inferno interior seguindo as regras, ela se satisfaz. Então, peço, "eu", que seu próprio "eu" deixe o inferno e o paraíso. Esqueça as aparências.

potência

Independente do que fazemos e de nossa vontade, estamos no centro do mundo. Mas a identidade do eu e do mundo pode ganhar diversas formas cujo leque variado se estende entre dois extremos. Em um deles, limitamos o mundo às dimensões do ego, que só reflete nossas categorias, nossos preconceitos, nosso drama interior. Esse mundo pobre, repetitivo, é restringido a uma bitola de pensamentos mesquinhos e circulares, colorido de medo, ressentimento, cobiça, vícios e de dependências neuróticas. O ego tem o mundo que merece: um mundo fabricado, separado de si, especular. No outro extremo, o ego explode e o "si" se estende às dimensões do universo, sem lhe impor ordem, categorias, pensamentos estruturantes. O mundo do ser alerta não é mais fabricado, mas sempre novo, sempre aberto. A rigidez da percepção e da interpretação desaparece. O mundo é percebido como se fosse a pele. O Universo nada mais é do que o jogo das formas e das cores sobre a retina, a própria vibração do tímpano. Eu sou o mundo. Não se trata mais de um mundo "objetivo", mas, muito pelo contrário, da embriaguez fresca de um mundo em criação, que germina a cada segundo, um mundo inteiramente subjetivo, fluido e transitório: o tecido matizado da experiência.

* * *

Reduzir os rigores, os bloqueios para encontrar a mobilidade sem entraves, a leveza. Executar perfeitamente uma postura, um gesto, um passo. Abrir-se para forças estranhas, deixar-se invadir pela inspiração. Parar de "se apegar" a algumas idéias e atingir uma determinada impessoalidade do pensamento. Estar a serviço dos outros. Tornar-se puro veículo do influxo divino. Recuperar a pura presença. São umas das tantas maneiras de *abstrair-se*.

* * *

Os conceitos são figuras da rigidez mental e as neuroses, da rigidez emocional. Os conceitos e as neuroses partilham exatamente da mesma natureza, a limitação. O ego pode ser definido como o conjunto dos "apegos", da rigidez, dos aprisionamentos, tudo o que nos impede de ser livre, isto é, de estarmos integralmente presentes na vida.

* * *

Atualize sua capacidade de sentir, pensar, agir e amar. Abandone as imagens do ego e desenvolva sua *força*.

o capítulo dos venenos

o sofrimento é só um pensamento

O segredo da felicidade está na escolha de nossos pensamentos, ou antes na direção de nossa atenção, a cada segundo.

A desventura vem do encadeamento automático e ininterrupto dos pensamentos infelizes.

A desventura consiste em julgar-nos felizes ou infelizes, em *perguntar* se somos felizes ou infelizes. Somos felizes quando vivemos no instante, em plena consciência, fora de qualquer julgamento.

Que o olho da consciência discriminante distinga sem descanso a ausência completa da "realidade objetiva" das causas de nossa dor e o caráter ilusório do próprio sofrimento: o encadeamento automático das emoções e dos pensamentos.

* * *

Primeiro pensamento: ela está fazendo barulho. Segundo pensamento: o fato de ela estar fazendo barulho me irrita. Terceiro pensamento: censuro-me por ficar irritado com o barulho que ela está fazendo pois devo amá-la. Quarto pensamento: censuro-me por me censurar, identifico-me com meus pensamentos e penetro no ódio que sinto por mim mesmo. O que nos faz mal não são nossos pensamentos e, sim, os julgamentos que deles fazemos; ou pior ainda, os julgamentos que fazemos de nossos julgamentos. Cortemos pela raiz as associações automáticas, as cadeias de pensamentos dolorosos e recuperemos desde já a simplicidade do instante.

Não podemos escolher nossos pensamentos, mas podemos decidir não acreditar neles. Culpar-se por um mau pensamento é aumentar o sofrimento. Será que somos responsáveis por nossos sonhos? Não. Mas se o pesadelo ficar insuportável, por que não acordar? Era só um pensamento.

Nossos pensamentos, nossas emoções: agitações de neurônios, secreções de hormônios. Nada de muito sólido. Por que então se fiar neles?

* * *

As emoções, tais como o ciúme ou certos fantasmas dolorosos, germinam como mato. Como extirpá-las? Como expulsar esses demônios devoradores? Como adquirir paz na alma? Basta lembrar que são meras ilusões formadas pelo espírito, um produto de *seu* pensamento. Poderíamos dirigir a atenção para outras representações ou nos abrir para o que nos oferecem os sentidos neste instante. Imaginando uma dor supostamente dos outros, ou comparando aquilo que é com aquilo que deveria ser, nos torturamos. Não paramos de produzir imagens, pensamentos, emoções que nos fazem sofrer. Somos, além disso, nossos próprios carrascos, carcereiros, nossos próprios ilusionistas e farsantes. As paredes e os instrumentos dessa câmara de tortura pessoal, que é às vezes nosso espírito, não passam de pensamentos, lembranças, temores, imaginações que não correspondem a nada de atual, nada de efetivamente presente aqui e agora.

É fácil dissolver a inveja. Lembre-se de que ninguém jamais possui um objeto. Vivemos todos instantes sucessivos. Não possuímos senão segundos de experiência que se esvaem tão logo vividos. A inveja, então, é, literalmente, *sem objeto*, já que a pessoa invejada não experimenta senão os segundos, um após o outro, tudo como você e como todo mundo. A única diferença entre os seres está na capacidade de aderir alegremente ao futuro. Reside na maior ou menor propensão a comparar constantemente nossa experiência com o que esperávamos que "ela devesse ser". Ao invejar, produzimos do nada nosso próprio sofrimento. O sofrimento não surge porque não temos o que o outro possui (se fosse assim, seríamos necessariamente o tempo todo infelizes, já que há sempre alguém que possui algo que não temos). O sofrimento vem porque *pensamos* que ele ou ela tem aquilo que não temos.

Conseguimos aquilo que mais desejávamos e ainda assim continuamos sofrendo terrivelmente, seja pela lembrança de uma frustração anterior, pela idéia de que não conseguimos o objeto no momento em que começamos a desejá-lo, por todo o ressentimento, toda a dor que nos provocou a falta, pelo desejo insatisfeito, pela idéia de que parte de nossa vida esteve irremediavelmente privada do que mais precisávamos... ou pelo surgimento de um novo desejo. Mas, na realidade, o passado não existe e sofremos agora, quando o melhor a fazer é nos divertir. Toda essa infelicidade no passado está em nossa ausência, pois em vez de desfrutarmos do instante, abismamo-nos no desejo.

Ele tem o que eu não tenho. Eu tenho o que eles não têm. Ele é mais bonito, mais forte, mais feliz do que eu. Eles se divertem enquanto eu trabalho. Valho menos do que... Valho mais do que... Sou mais feliz do que... Sou mais inteligente do que... Sou melhor do que... Em cada um desses pensamentos, nossas almas se dilaceram. A comparação é a marca do diabo.

A comparação e a acumulação são reflexos íntimos do espírito. Sempre que estiverem em ação, lembremos que o instante presente é a única coisa que realmente existe e que não se presta a nenhuma das duas.

* * *

Temos sempre na cabeça uma vozinha, quase inaudível mas incansável, encarniçada, nos criticando e semeando a dúvida.

Passamos o tempo todo a nos minar insidiosamente. Não que não seja preciso nos examinar, prestar atenção em nossos atos e estados mentais, mas parece, justamente, que essa voz da crítica incessante escapa à atenção, o que lhe permite realizar mais facilmente sua obra de demolição. Ela escapa à atenção porque sou "eu" justamente que não paro de dizer à meia-voz "você não deveria... você fez mal... você deveria antes..., etc". Essa voz maldita que se aloja no centro de nosso ser usurpa o lugar da alma, fazendo-se passar por ela. Mas sua natureza não é a da centelha e, sim, a de uma ducha de água fria, que nos assola. Transformamo-nos nessa ducha fria. E surpreendemo-nos de não mais encontrar o calor e a luz do fogo. Mas o Ego que está nas nossas costas e o Parasita que se hospeda em nosso peito empenham-se em querer apagá-la. Todos aqueles que nos criticam, nos culpam, nos desmoralizam se apóiam nessa voz que trai a voz interior. Pior: as circunstâncias e as pessoas que nos confundem traduzem essa voz no mundo "exterior", materializam-na. Inútil fazê-la calar. Contentemo-nos com escutá-la distintamente e reconhecê-la pelo que ela é: nosso pesadelo inimigo. Ela perde o poder assim que é reconhecida.

Escute seu discurso íntimo. Que nobreza há em se cobrir de vergonha, em se justificar, em criticar os outros, em calcular seus efeitos? Abandone tudo isso e comece a se amar, a se amar exatamente como você é. Deixe o sofrimento.

Que atmosfera reina no seu íntimo? O ódio? A agressividade? O ciúme? O orgulho? O ressentimento? A falta? A voracidade? A cobiça? O medo? A culpa? A autocrítica? A auto-satisfação? A hipocrisia? O recalque? A serenidade de fachada? Ou antes a honestidade, o amor, a abertura ao instante? Observe sem trégua. Sinta o cheiro da sua alma.

* * *

Somos nós que produzimos nosso sofrimento: desejo, medo, culpa, arrependimento, desgosto, desprezo de si, inveja, orgulho, cólera... E quase sempre o sofrimento é abstrato, surge porque *comparamos* aquilo que é com aquilo que não é, aquilo que temos com aquilo que os outros têm, o presente com o futuro ou o passado. Lembranças que fazem mal, fantasmas torturantes, cenas imaginadas ou indefinidamente repisadas... No entanto, respiramos, sentimos, pensamos, participamos do milagre da vida. Se, ao menos, conseguíssemos ficar atentos nem que fosse por um instante à graça de viver... Noventa e cinco por cento de nossos sofrimentos são imaginários.

* * *

O pensamento nos faz sofrer. Envolve-nos na cobiça, na agressão, no medo, na esperança, na ilusão... Se nos contentássemos em *sentir*, evitaríamos naturalmente o sofrimento.

O sofrimento é um pensamento que aspira ao prazer ou à fuga da dor, mas não há nada a fazer senão *sentir*, aqui e agora.

O mal é o que nos faz sofrer *e* nos impede de sentir. É uma única coisa: o pensamento.

Libertando-nos dos pensamentos, liberamo-nos do medo.

* * *

O problema não é atingir o estado vigilante. Isso já de saída traria a esperança de consegui-lo, a frustração de ainda não tê-lo atingido, o medo de estar para sempre distante dele. O problema é parar de sofrer agora. Parar, portanto, de pensar que não estamos alerta. Quando abandonamos um pensamento, um problema, uma dúvida, um medo e retornamos ao presente, *ficamos* alerta. A vigilância consiste em relaxar a própria vigilância.

Não há solução porque não há problema.

Marcel Duchamp

* * *

Qual é a tonalidade da vida psíquica, a "base" de todas as

atividades mentais? O medo, a culpa, a insatisfação, a frustração, a necessidade, a irritação... E ignoramos tudo isso. Trata-se da própria cor da existência. Essa cor é nosso ego, o que adquire "poder" sobre nós. Se, no lugar de deixar essa *base* passar despercebida, nos livrássemos do ego, ou se, ao menos, o víssemos e o relativizássemos, se lhe déssemos uma *cara*, então nenhuma tirania, nenhuma ilusão seriam exercidas contra nós. Recusaríamos qualquer cumplicidade. Os outros egos e seus pretensos poderes não mais teriam em que se agarrar. Não poderíamos mais nos causar medo, apostar em nossa culpa, nosso desejo de ganhar, nossa angústia de perder, nosso desejo de louvação, nosso receio de censura, nossa "necessidade de amor". Ao sair de cena o avalista do bem e do mal, das vitórias e das derrotas, aquele a quem dirigimos nossos pensamentos, o suposto "eu"; ao descobrirmos a futilidade daquele que julga e que arquiva atrás do espelho sem aço da consciência, tornamo-nos verdadeiros guerreiros.

A cobiça e a cólera solidificam os fenômenos e nos impedem de perceber seu vazio intrínseco. Por ignorância, supomos a existência das coisas ou dos indivíduos no fluxo instável da experiência e é a partir daí que o desejo e a agressão se desenvolvem. A cobiça e a cólera são só pensamentos, vozes que vêm nos visitar. Não somos *nós* que nos irritamos ou que desejamos. A cobiça e a cólera nos fazem tomar as ilusões pelas realidades. Os pensamentos são como sonhos e a ignorância, uma sonolência.

Realizar, ver, sentir a natureza *onírica* dos pensamentos no momento em que eles surgem já é um grande passo no caminho da sabedoria e da felicidade. Com efeito, os pensamentos não nos *fazem* sofrer, eles *são* o sofrimento. Tristeza, ódio, sentimento de desaprovação, desejo insatisfeito ou frustrado, inveja, ciúme, desprezo, medo, culpa, quase todas as dores *são* pensamentos. E se não aumentássemos os sofrimentos do corpo com os pensamentos, quão mais fácil não seria suportar a maioria deles! A partir de então, que liberdade a de perceber claramente o caráter onírico e ilusório dos pensamentos que surgem! O sofrimento foi só um sonho ruim.

a irritação

A cólera é uma breve loucura.

Sêneca

* * *

A pessoa agressiva se sente agredida.

A pessoa irritada (colérica) é irritável (ultra-sensível, dolorosa, como uma pele irritada). A palavra "irritação" designa com muita propriedade e a um só tempo a cólera e o sofrimento.

A pessoa agressiva não pensa: "Eu sou agressivo". Ela não sente sua própria agressividade, mas, em compensação, sente com grande intensidade a agressão do outro. É muito vulnerável.

* * *

A pessoa agressiva se sente agredida, isto é, mal-amada. Tem necessidade de ser amada, quer ser amada, acredita que seu direito de ser amada lhe é negado.

Por trás de toda agressão, esteja ela armada de conceitos e justificações, jaz a imensa angústia, a dor no coração da criança cujos choros não foram acolhidos. Encontre essa verdade em si mesmo.

A pessoa que se ama não tem "necessidade de ser amada", reconhecida, valorizada, etc. O mundo não lhe recusa nada, não invade seu território. O mundo não lhe é agressivo *a priori*. Ela pode ser boa, generosa, amar de verdade.

* * *

O ódio é a tristeza acompanhada da idéia de uma causa externa.

Spinoza

A agressividade franca é sempre acompanhada do pensamento

de que é o outro que nos agride. Quando *sentimos nossa própria agressividade*, é muito mais difícil ser agressivo.

Cada vez que você se sentir agredido ou ameaçado, observe atentamente o aspecto agressivo de seus próprios pensamentos e constate que ser agressivo e se sentir agredido são uma única e mesma coisa no espírito.

* * *

Por que, quando algo o deixa com raiva, você se prende a *uma longa série* de pensamentos de irritação em vez de um só?

* * *

Em vez de reagir com agressividade à agressão do outro, o indivíduo plenamente presente prova sua própria agressividade reativa. Assim, ele é capaz de sentir o outro que tem dentro de si, sentir o sofrimento, o sentimento que o outro tem de ser agredido. É exatamente o que ele próprio sente.

Por menor que seja o estado alerta de um indivíduo, ele é capaz de sentir em si o sofrimento daquele que agride. Então ele reage mais ao sofrimento de seu interlocutor do que à sua agressão.

O acusador se sente agredido sem sentir a própria agressividade. O agressor interpreta o mundo mais como hostil do que como sofredor. Tal interpretação o leva a fabricar um mundo efetivamente agressivo, já que a maioria de seus interlocutores tem uma reação agressiva à sua própria agressividade.

Só o sábio não reage. Ele sofre ao sentir o sofrimento do agressor: seu terror é ser preso na armadilha da hostilidade e não conseguir se desprender dela.

Um espelho que se reflete ao infinito em outro espelho, tal é a estrutura profunda da agressão.

* * *

O indivíduo alerta pode ter pensamentos agressivos, mas é capaz de reconhecê-los com clareza. Sabendo que são meros pensamentos, não se sente automaticamente obrigado a obedecê-los. E mais, o conhecimento que tem de seus próprios pensamentos de irritação permite-lhe compreender por empatia os pensamentos que o agressor emite em palavras ou em atos.

O agressor, por sua vez, não vê seus próprios pensamentos. Não sabe se separar de suas emoções. Acha que o mundo hostil que projeta é real. Ao invés de se compadecer dos sofrimentos dos outros, imagina que são eles que se divertem com o seu, o que o deixa ainda mais raivoso. Então, embora seu primeiro movimento seja defensivo, ele se *deleita* com o sofrimento dos outros.

* * *

A virtude que permite controlar a irritação chama-se paciência.

A irritação é inevitável. Mas há duas maneiras de senti-la. Uma é acusando o outro por seu sofrimento e agredindo-o. A outra é reagindo à irritação com a benção do espaço e da compaixão:
— um *espaço* entre si e seus pensamentos; um espaço de respiração entre si e o outro, o espaço aberto pela ausência de reação;
— *compaixão* por si mesmo, já que a irritação é um sofrimento; compaixão pelo outro já que sua raiva é uma dor.

Não há espaço sem compaixão, compaixão sem espaço.

Só quem se ama e se conhece pode amar e conhecer o outro e não mais agredir quando for agredido, encerrando assim o ciclo infernal da irritação.

O ignorante que não sabe se separar de seus pensamentos não é capaz de abrir espaço para a paz entre si e os outros. O espaço interno e o espaço externo têm exatamente a mesma natureza pacífica.

* * *

O ser consciente toma partido de cada irritação, desconforto, para progredir em seu autoconhecimento. Cada vez que sofre descobre uma nova zona de seu ego, um apego, uma imagem de si, um conceito (ilusório) do que as coisas deveriam ser.

O sofrimento é uma agressão a si mesmo. Toda agressão do outro é a contrapartida de um sofrimento do agressor. A agressão faz sofrer. A agressão sublinha a passagem do sofrimento.

A vítima e o carrasco queimam no mesmo inferno.

Sempre que você fica com raiva de alguém, cria um mundo de palavras duras, reprovações, cólera, sofrimento. Perde a indulgência que tem por si mesmo.

Sempre que fica com raiva, você se irrita contra uma projeção de seu próprio ego, uma pessoa ou uma situação que você forja. É o jogo de espelhos, a ilusão que o leva a lutar contra si mesmo.

Sempre que você fica com raiva, o orgulho, ou a cobiça, ou a irritação, ou a inveja, ou um veneno qualquer do espírito são estimulados em seu espírito. Você não deve responsabilizar uma pessoa de fora, mas tomar consciência de seu ponto fraco e observá-lo.

Só sofremos porque nos apegamos a algo. Mas podemos descobrir que aquilo a que nos apegamos é só um pensamento e que os pensamentos são como sonhos.

* * *

Nossa alma imóvel e luminosa projeta o mundo numa tela de ilusão.

Quando a raiva aumentar, lembre que você é o mundo e que, no fim das contas, é contra si mesmo que você está dirigindo sua raiva.

É a própria ignorância do vazio dos pensamentos que guia os dois representantes do sofrimento: a cobiça e a agressão.

É a própria inteligência do vazio que gera o espaço das relações pacíficas: o amor e a compaixão.

a acusação e a culpa

"Satã", em hebraico, significa "*o acusador*, o caluniador".

O diabo quer nos persuadir de que "a causa do mal" é sempre uma pessoa. Mas o diabo é a única causa do mal, uma causa que, justamente, não é ninguém, senão um mecanismo impessoal e enganoso que nos ilude, fazendo-nos crer que há sempre um culpado.

A origem de determinado sofrimento é uma série indefinida de atos mentais, verbais e físicos, sem falar da forma como milhares de pessoas, inclusive nós mesmos, se deixa afetar por esses atos e suas conseqüências. Então, a origem do sofrimento está por toda parte distribuída no tempo e no espaço.

A origem do sofrimento está em uma porção indefinida de atos e na forma como esses atos são transmitidos, traduzidos, transformados e recebidos. A origem do sofrimento não pode ser uma *pessoa*.

É um erro pretender que uma pessoa seja a causa ou a origem de um sofrimento. Justamente o tipo de erro que só traz mais sofrimento, porque faz com que as pessoas detestem umas às outras (e o ódio é um sofrimento) e que se odeiem a si mesmas.

Quem se sente culpado pensa: "Eu sou a origem do mal. Meu ser é a origem do mal. Alguém sofre e eu sou a razão desse sofrimento", ou então: "Transgredi o interdito, desobedeci, sou mau". O sentimento de culpa é sempre uma depreciação, uma desvalorização do ser. É uma emoção triste, um ódio de si mesmo. Quando nos sentimos culpados, nos diminuímos, ficamos infelizes, sofremos, aumentamos nosso sofrimento.

* * *

O sentimento de culpa é uma acusação de si mesmo. Acusação e culpa são exatamente simétricas e vêm da mesma doença, da mesma obra do demônio.

A pessoa tomada pelo sentimento de culpa constrói em torno de si um mundo acusador ou um clima que leva os seres a se denunciarem, atribuindo a si mesmos a causa do mal... o que aumenta ainda mais o mal.

O sentimento de culpa, convencendo-nos de que *merecemos* o mal, nos faz perder as defesas e deixa o mal crescer às nossas custas. A acusação, fazendo-nos crer que o outro *merece* sofrer, deixa-nos anestesiados para o mal que cometemos.

Pergunta: você diz que é preciso se libertar da culpa. Que assim seja. Mas se as pessoas não se sentirem mais culpadas, será que vão parar de cometer o mal?

Resposta: por que o ser humano se aproveita de outro, usa-o como instrumento e o faz sofrer? Por prazer, poder, riqueza, consideração, ou por inveja, ciúme, orgulho, arrogância, etc. Em suma, cometemos o mal para alimentar o ego. Se as pessoas se amassem e se apreciassem por um direito hereditário inalienável, não se sentiriam mais tentadas a cometer tais atos, pois não teriam nenhuma dúvida de que já têm e são tudo. O julgamento, seja para o bem ou para o mal, a acusação e a culpa são os principais fatores da insatisfação, do ódio de si e da vaidade do ego. São eles que desencadeiam as más ações. Para que as pessoas não cometam atos destrutivos, devem estar em contato com sua inesgotável riqueza interior, com a generosidade infinita de Deus, com sua própria força. Mas a culpa nos separa dela. A culpa então é um dos fatores que leva o ser humano a cometer o mal.

Toda exaltação da culpa, toda acusação, todo julgamento inferioriza o ser humano, escraviza-o, separando-o para sempre da força que, no entanto, o habita.

Os sábios, os santos, os seres alertas, completamente livres do ego e de toda limitação, superam a culpa e desprezam o recurso da acusação. Sua bondade radiante sustenta o mundo. Mais vale investir em um povo de seres alertas do que em um rebanho de seres escravizados. E o que fizemos até agora? Com que resultado?

Não acusemos, não julguemos, não condenemos. Toda essa história de bem e de mal só fomenta o círculo vicioso do sofrimento. Exerçamos, ao contrário, nossa capacidade de discernir o que nos faz sofrer ou não. É nesse quase nada que está quase tudo: a diferença entre a sabedoria discriminante e o julgamento.

* * *

Se vocês não são muito fortes, não deixem que as pessoas imersas no turbilhão auto-sustentado do sofrimento entrem em sua vida. Não deixem que elas tenham a menor influência sobre vocês. Recusem seu poder. Mas não as acusem. Elas são inocentes. Mesmo calculadoras, intrigantes e deliberadamente ardilosas, elas são inconscientes. Presas na mecânica da acusação e da manipulação, insensíveis a seu próprio sofrimento e ao dos outros, anestesiadas, elas se destroem. Mas não são "culpadas".

É impossível nos conhecer e nos tornar quem somos, acreditando que somos (nosso si ou o de um outro, tanto faz) a causa do mal. Não se trata de um ato de fé, mas de uma experiência direta: devemos perceber distintamente tanto nossa completa inocência como a de todos os seres.

Ninguém é malvado, ninguém é culpado. Algumas almas, porém, estão quase totalmente recobertas por anjos parasitas que as sufocam, desviando em seu próprio benefício a energia divina, que é a essência da alma. Esses anjos parasitas são o ódio, a cobiça, a inveja, a arrogância, o medo, a preguiça, a culpa...

Todo ser é divino. Todos somos inocentes. Pobres de nós que um turbilhão de pensamentos, palavras e atos apoderou-se de tal modo de nosso ser que não conseguimos mais sair de um sistema autosustentado de sofrimento e de provocação de sofrimento.

Os anjos maus, ou demônios, são círculos viciosos emotivos, sentimentos que criam na alma um vício que os alimenta, armadilhas de sofrimento, mecanismos impessoais que alienam a liberdade humana e ocultam a luz.

Vivamos cada segundo com o sentimento vivo e pleno de nossa total inocência, assim como da inocência de todo ser humano.

Estamos no mundo para ter pena, cuidar, ajudar, isolar talvez, mas não para acusar.

Ninguém é malvado. Não há senão almas doentes.

* * *

Como tendência impessoal, o sentimento de culpa é um fator de sofrimento que deve, portanto, ser evitado. Não atribua culpa a você, nem aos outros. Desenvolva, ao contrário, o sentimento de *responsabilidade*. Sim, temos capacidade de romper o encadeamento das causas e dos efeitos. Sim, contribuímos para construir o mundo em que vivemos e podemos assim, na medida do possível, torná-lo mais belo, mais alegre, mais pacífico. Evitando, em especial, fomentar a acusação e a culpa.

Não há erro, julgamento, nem punição dos culpados. Simplesmente, os pensamentos, as palavras e os atos têm *conseqüências*.

* * *

Se as almas não fossem sempre puras e inocentes (mesmo quando sufocadas e obscurecidas pelos parasitas impessoais do mal), jamais seríamos capazes de perdoar. Recusar o perdão é deixar o ressentimento se incrustar na alma; é deixar-se sofrer ainda mais.

Aquele que perdoa é o primeiro beneficiário do perdão.

* * *

Um amigo que fora durante dez anos discípulo de Rav Kook, um dos principais mestres espirituais do judaísmo no século XX, me disse: "Em dez anos, *nunca* o ouvi falar mal de ninguém".

Toda maledicência é uma blasfêmia, porque todos os nomes são nomes de Deus.

O maledicente, a maledicente têm um revólver na boca.

* * *

Extermine essa obsessão da crítica e da acusação que impede de escutar e compreender.

Só julgamos porque tememos sentir.

* * *

A crítica, ou melhor, a acusação, ou melhor ainda, o ódio, quase sempre quer fazer-se passar pela inteligência, sinceridade ou pela justiça.

Ressentimento, culpa e acusação são obras do demônio. Por trás de suas menores acusações, o "Grande Acusador" nos faz esquecer da essência divina.

A acusação e a culpa, duas faces do mesmo sofrimento, caluniam o ser profundo, o si, que é pura existência, luz, inocência.

O grande Acusador reina no mundo. Qualquer crítica, qualquer sentimento de culpa reforça seu poder.

Sua menor acusação adensa a obscuridade do mundo.

* * *

Sofrer é fazer Deus sofrer. Deus sofre ainda mais quando nos fazemos sofrer com a idéia de seu julgamento, de sua severidade. Seu desejo é que paremos de nos torturar com o julgamento. Cada vez que nos condenamos, é Ele que julgamos.

Deus jamais se satisfaz com um sofrimento que o atinge por excelência.
Raphaël Cohen

A impossibilidade de se libertar dos mecanismos que provocam o sofrimento e a culpa que se segue são diabólicas.

A liberdade, a responsabilidade e a inocência são divinas.

Nem Deus nem o Diabo existem. A acusação, a culpa, o ressentimento e a ingratidão produzem o demônio. A paz, a inocência, a gratidão e o amor geram o divino.

* * *

O sarcasmo, a ironia, a crítica, a reprovação, a difamação, o desprezo, a maledicência aumentam o sofrimento, eis o mais fácil, eis a maior queda. É justamente porque ver as coisas tais como são, sob a luz implacável e panorâmica da sabedoria discriminante, que o ser nobre agradece, louva, aprecia, não aumenta o sofrimento.

a justificação

Não vivam mais com o diabo, o acusador, o avalista permanente. Saiam do julgamento perpétuo. Parem de perguntar se isso é bom ou ruim. Vejam como está a serpente: enrolada em torno da árvore do bem e do mal.

O grande julgamento do bem e do mal acontece na cabeça, o

grande julgamento organizado pelo ego. O que ganhei? O que perdi? Vou ganhar ou perder? Bem ou mal? O que pensam de mim? O que eu penso de mim? O grande julgamento só termina quando atingimos o sentimento da inocência absoluta. Quando as acusações não têm mais efeito sobre nós. Quando as reprovações não nos dizem mais respeito, sejam elas feitas por nós ou pelos outros. Por trás de todas as acusações está Satã. O julgamento de Deus, o julgamento final declara nossa inocência radical, definitiva, desde sempre.

Quando a culpa se vai, vão-se junto com ela o julgamento, os juízes, as testemunhas, os advogados, os jurados, o público. A inocência radical, a plena presença sem nenhuma reserva nem cálculo, o fim da luta nos faz entrar em uma terrível solidão. Não temos nada mais a provar nem a justificar a ninguém. Não precisamos mais dos outros. Não precisamos nem mais de nós mesmos.

* * *

A inteligência discriminante distingue o bem do mal. Quando usada para acusar os outros ou si mesmo (é tudo uma coisa só), quando nos exige justificação, ela submete a substância da vida à cobiça parasita do ego. Você é mesmo bom? Deve ser bom! Precisa ser melhor... Mas, então, não se trata da verdadeira inteligência discriminante! O que caracteriza essa inteligência é exatamente sua capacidade em reconhecer de saída o que alimenta o ego no conjunto de nosso mundo interno e externo, recusando-se terminantemente a sustentar os mecanismos do julgamento, da justificação, da acusação, da culpa e tudo o que possa de perto ou de longe lembrar a menor tensão em direção a algo melhor ou mais vantajoso. É assim que a sabedoria discriminante *desfaz* o mal sem combatê-lo.

Nenhuma vida pede para ser justificada ou salva. Não precisamos de salvação. Não temos nenhuma obrigação de nos tornar melhores. Não temos o dever de "conseguir" o que quer que seja. Não há diferença entre uma vida fracassada e uma vida bem-sucedida. Fracasso e sucesso são a mesma coisa. Podemos nos enredar em nosso sucesso (ou em nossa corrida ao sucesso) e nos libertar com nossos fracassos. Ficaríamos muito bem se nos aceitássemos tais como somos.

Poderíamos ficar muito infelizes se não parássemos de tentar nos melhorar (ou se tentássemos melhorar o mundo). Se, de fato, só há momentos de existência, salvação e condenação, fracasso e sucesso são prisões conceituais, simplificações exageradas de um fluxo de experiência que é sempre infinitamente rico.

Em primeiro lugar, temos o dever de viver simplesmente. A rosa não tem explicação. A flor existe por si, sem razão, sem justificações, sem contas a prestar, sem finalidade: ela está ali. Os animais, espontaneamente, existem por si mesmos. Não temos por que justificar nossa existência. Ela já está desde sempre justificada.

Não precisamos justificar nossa vida. Nem pelo prazer, nem pela força, nem pela riqueza, nem pela obra, nem pelo dever, nem pela virtude, nem pelo amor dado ou recebido, nem por nenhum ideal imposto *a priori* sobre a infinita riqueza da experiência que se inventa a cada segundo.

Cultive o sentimento de existir em si e por si, fora de qualquer referência e de qualquer confirmação. Ache em si mesmo a base de uma independência sem dar lugar a qualquer manipulação.

Habitue-se a existir sem razão, sem justificação, sem atividade.

* * *

A verdadeira descoberta da espiritualidade é exatamente a descoberta do mal, de seu funcionamento e dos critérios que permitem reconhecê-lo com segurança. *O malvado, inclusive o malvado que há dentro de nós, pede que sempre nos justifiquemos, provemos que somos bons.* Esse é um traço infalível para que o reconheçamos. É assim que nosso ego (ou o do outro — eles são intercambiáveis) nos faz funcionar, usando nossa energia em seu benefício.

Tornamo-nos realmente bons quando reconhecemos que *somos* bons. É tão simples de dizer quanto difícil de fazer. E, na verdade, não há nada a fazer. É isso que nos parece tão difícil. Nós já somos bons! Eis o que os seres insensatos, venenos e parasitas de todas as espécies (exteriores e interiores: eles andam de mãos dadas) querem tanto que esqueçamos. Tremem só de pensar que poderíamos nos dar conta disso. Se percebêssemos que já somos bons, perderiam para sempre seu poder.

Então, não teríamos mais por que esgotar nossas defesas. Não dedicaríamos mais toda nossa energia construindo e reparando eternamente as fortalezas infinitas do ego. Cessaríamos de nos arruinar em ações ofensivas.

Todo ataque aparece como uma defesa preventiva. Ora, se fôssemos bons, não haveria mais razão para nos defender! Todo ataque, na verdade, é a projeção de um ódio de si. Ora, se fôssemos bons, não haveria mais razão para nos detestar! Nós *somos* bons.

Pensem nisso: quanta economia, quanto descanso, quanta paz não haveria se nos amássemos tranqüilamente!

* * *

Em suma, reconhecer o mal, em si e nos outros, se dá a partir de um critério muito simples: somos convencidos de que não somos bons. Quando você reconhecer o Acusador, o Caluniador, o grande Maledicente, sorria. Não se justifique. Não responda. Não atice o fogo do inferno.

o triplo antídoto

O que fazer em caso de sofrimento? Para curar o veneno do espírito (cobiça, ódio, medo, ciúme, etc.) que se manifesta em nós ou em outra pessoa, basta seguir um tratamento em três etapas: sentir, ver, compadecer-se.

Primeiro, *sentir* o veneno, prová-lo totalmente. Imaginemos, por exemplo, que um violento sentimento de ciúme nos assola ao vermos que alguém possui algo que não temos. Não fujamos, não neguemos, não passemos ao ato, competindo, ou agredindo, ou redobrando-nos em gentileza para nos compensar. Guardemos a emoção. Demos a ela um nome. Fiquemos totalmente presentes na qualidade ardente, picante, irritante, claustrofóbica, sufocante desse sentimento. Mergulhemos completamente na experiência do ciúme.

Em segundo lugar, *olhemos* clara e distintamente para a natureza perfeitamente vazia e ilusória do ciúme (ou da raiva, ou do medo, etc.). O outro não possui nenhum objeto de que eu pudesse sentir falta. O outro, como eu, só tem instantes de vida. Ele está imerso em sua vida e eu, na minha. Como me confundo com o mundo, quando o invejo, me divido contra mim mesmo, produzindo sofrimento. Não há objeto e, sim, almas que projetam mundos, isto é, que percebem, sofrem, amam. Essas almas são Luz e seus mundos, ilusões coloridas. Em vez de nos fascinarmos com as aparências dos fenômenos, voltemo-nos à luz do instante.

Em terceiro lugar, tenhamos *compaixão* por nosso próprio sofrimento (ou pelo do outro se é ele que está com ciúmes). Antes de nos culparmos, consolemo-nos, sejamos gentis conosco mesmo. Amemo-nos. É do amor que temos necessidade, não da dor suplementar de pensar que somos maus, imperfeitos, etc. (ou que os outros é que são!).

É importante sentir *antes* de reconhecer a natureza vazia do sofrimento. Com efeito, se não sentimos, se não estamos presentes, a idéia do vazio só será uma fuga, uma construção conceitual. Não saberemos nem mesmo *em que situação estamos*.

É igualmente essencial *associar a compaixão* à inteligência do vazio. Se reconhecêssemos o vazio de nossos objetos de agressividade ou de cobiça e se daí concluíssemos nossa estupidez fundamental (ou a dos outros), só estaríamos aumentando o sofrimento. "Nós" não somos ignorantes ou ausentes porque "nós" (nosso ego) não somos mais substanciais do que nossos objetos. E a luz que realmente somos *não é* estúpida. De fato, se nos julgássemos estúpidos, ou maus, ou se assim julgássemos os outros, não estaríamos na verdadeira inteligência do vazio. A sabedoria discriminante vem acompanhada *necessariamente* da compaixão.

Uma compaixão, enfim, automática, imediata, sem espaço, que se exerce *antes de sentir* e *antes de reconhecer o vazio dos fenômenos*, seria simplesmente o traço do ego, da cegueira. A compaixão é um prolongamento natural da sensibilidade, da ternura do coração, de uma dolorosa vulnerabilidade. O ser verdadeiramente compassivo deve estar plenamente presente na verdade das situações e atento para frustrar todas as façanhas do ego.

A "santa trindade", então, assim se declina: presença, inteligência, compaixão.

A presença implica a sensibilidade, a vulnerabilidade. Estar presente é dispor-se a ser *tocado*. A presença do coração ou plena consciência é a raiz de todas as virtudes.

A inteligência discriminante permite ver o vazio de tudo o que alimenta o ego e o sofrimento. A inteligência que não conduz à compaixão não é inteligência. A faculdade que só faz aumentar o sofrimento não tem na inteligência senão o nome.

Assim, a presença ou a abertura do coração é o antídoto da ignorância, da ilusão, da ausência. Estando presentes, não somos mortos-vivos. A inteligência discriminante é o antídoto da paixão e da agressão, já que revela o vazio dos objetos. A compaixão, enfim, compreende e cura o sofrimento. Detém a propagação do incêndio absorvendo o fogo da dor. Faz as almas viverem em seu verdadeiro meio que é o amor. Presença, inteligência e compaixão formam as três faces da mesma jóia.

Maravilhosos extintores do incêndio do sofrimento que avassala o mundo, a presença, a inteligência e a compaixão são o combustível, a luz e o calor do mesmo fogo libertador.

o capítulo do mal

o sofrimento é um vampiro

A santidade por onde quer que passe atrai irresistivelmente forças parasitas, que buscando se nutrir da santidade, tentam ao mesmo tempo destruí-la.

Rabbin Steinsaltz

Quanto mais sofremos, mais o ego se fortalece. Achamos que sofremos "por nós", que o sofrimento é necessário. Acreditamos que sofremos para suprimir o sofrimento e que ele logo desaparecerá. Ora, ele sempre volta mais forte e, habituados, nem mais o sentimos. É aí que ele ganha terreno. E quanto mais sofremos, menos queremos olhar o sofrimento de frente, pois tal atitude nos obriga a "nos" questionar profundamente. Na verdade e muito pelo contrário, só assim poderíamos nos reencontrar. Mas é justamente esse o problema: não somos mais capazes de distinguir entre o si e o ego e tememos, portanto, nos perder. Não sabemos mais quem somos. Então, continuamos a nutrir nossos parasitas, esperando que isso provoque algum alívio em nossa situação. É assim que nos tornamos *dependentes do sofrimento*.

Eis uma comparação fácil de entender: achamos que *temos* necessidade de fumar, ou de beber, ou de nos picar com heroína, quando, na verdade, o que *temos* é necessidade de nos desintoxicar. São, porém, os comerciantes de álcool ou de tabaco ou de heroína que têm necessidade de nossa dependência. Ora, nós nos drogamos, isto é, nos fazemos mal, justamente *para escapar do sofrimento*. Todo o mecanismo do ego está aí. Ele entra em cena parecendo trazer algum alívio ao sofrimento, mas o que faz é só aumentar o sofrimento: consome nossa vida e a saúde de nossa alma, faz nosso mundo girar ao seu redor a tal ponto que parece impossível desvencilhar-se dele, de tão impregnados que "estamos" de seu mecanismo (Não estou sustentando um discurso contra a droga, mas contra o ego. Estou descrevendo o mecanismo da dependência.).

Os mecanismos que provocam o sofrimento se auto-sustentam. Nutrem-se da energia da alma para fazê-la voltar-se contra si mesma. Tornam-se necessários, fazem-se passar por ela, quando, na verdade, trabalham para destruí-la. Chamamos de "ego" a imagem protetora que o conjunto desses parasitas edifica a fim de enganar a alma.

Alguns vírus enganam nossos sistemas imunológicos, fazendo-os acreditar que pertencem ao "si". O ego é formado por um exército de vírus morais que imitam a aparência da alma.

O menor mosquito já é capaz de produzir uma substância que impede a coagulação. Para que possa beber nosso sangue, nossos mecanismos de defesa devem estar adormecidos.

Iludida, acreditando nutrir a si mesma, a alma esgota todas as suas reservas para manter o ego.

O ego é a isca da alma, que o sustenta com seus parasitas.

O mal tem a natureza do vampiro: parasita impiedoso que não renuncia jamais.

O sofrimento é um vampiro.

o sistema do mal

Sim, é verdade. A violência física, as guerras, os massacres, as torturas, as violações, os golpes existem. Mas também quantas violências invisíveis, quantos sofrimentos mudos!

Observe, em você e ao seu redor, a que ponto os pensamentos, as palavras e os atos estão impregnados de cobiça, agressividade, orgulho, inveja e ilusão.

O mal, isto é, a agressão, só se desenvolve quando estamos fracos, desmoralizados, *divididos contra nós mesmos*.

O mal separa a alma de sua fonte, isola-a, divide-a contra si mesma, opondo-a às outras almas. O mal *é* essa separação.

Presas nas relações predatórias, de força, dominação, submissão, agressão, as almas aterrorizadas esquecem de sua identidade e desaprendem a se reconhecer mutuamente. Já não conseguem mais dançar juntas nem aprender umas com as outras.

Em alguns grupos humanos, quase todas as relações são instrumentais: ser manipulado, manipular, "fazer o outro agir", obter algo dele. Então, não comunicamos, *não nos expressamos*. Tudo o que dizemos tem uma finalidade. A grande questão é tomar o poder ou dominar de um lado quando somos dominados do outro. Nesses meios patológicos, as relações entre as pessoas espelham as interações das engrenagens, das correias, dos dentes de uma grande máquina que todos querem controlar. A metáfora popular fala de "ninho de cobra". Participar dessas sociedades de mortos-vivos sufoca a alma.

O mal é aquilo que nos transforma em insetos.

* * *

O diabo é um sátiro que chifra os condenados no fundo do inferno: é a imagem evidente e fácil de reter do conjunto das relações de ódio, de poder e dos sentimentos de tristeza.

* * *

Narcisismo e adulação, acusação e culpa, poder e medo, "necessidade de amor" e insensibilidade, cólera e ódio... Nosso ego tem como aliados naturais os egos dos outros. Estes últimos lhe servem de apoio. Todos os egos formam um único e vasto sistema de sofrimento parasita que, como um sanguessuga, só quer se expandir e fazer com que as almas se destruam mutuamente.

O mal é um mecanismo impessoal, irresponsável, automático, implacável, que visa a se expandir e a reforçar seu império, não importam os meios.

Quando estamos sofrendo, sofremos do sofrimento de todos os seres. O sofrimento, impessoal, propaga-se de uma alma para a outra. Transmite-se como uma epidemia de que fugimos. Como um incêndio que insuflamos. Ora, quando fugimos do sofrimento não estamos nos desvencilhando dele, mas sim contaminando os outros. Se parássemos de fugir do sofrimento, sofreríamos para que a dor cessasse de se transmitir e permanecesse em nós. E ainda assim estaríamos sofrendo por todos os seres.

Quando certos automatismos da emoção e do intelecto nos dominam, sentimos necessidade de alimentá-los continuamente. O automatismo se faz passar por aquilo que temos de mais íntimo, quando, na verdade, ele é o parasita que vem sugar nossa vida. Cobiça, agressividade, dependências, comportamentos repetitivos, reflexos, tais automatismos põem não somente toda nossa vida a seu serviço, mas também a dos outros! Recusemos servir qualquer automatismo, seja ele nosso ou dos outros. Os automatismos dos outros só nos fazem servi-los porque se dirigem a nossos próprios automatismos: tal é o sistema do mal, a cadeia dos egos a se reforçar mutuamente. Só conseguimos sair desse sistema através da disciplina do afastamento e da presença. Sim, o antídoto absoluto do automatismo é a presença, pois, quando estamos presentes, verdadeiramente presentes, não nos deixamos mais manipular por esses autômatos que estão sempre nos governando. Um autômato não pode estar presente. Um ser presente já não pode mais ser um autômato.

Vencer o mal em si e vencer o mal no mundo são exatamente a mesma coisa. Cessar de lutar contra o mundo e contra si mesmo são uma coisa só: a vitória sobre o mal.

O mal não abandona sua presa facilmente: luta *até morrer*.

os maus existem

Para falar a verdade, nenhuma pessoa é "má", mas sim os mecanismos mentais que se apoderam dela, obscurecendo a luz de sua alma. Isso dito...

Os contos nos advertem de sua existência. O teatro de todos os tempos nos mostra seus feitos e gestos. Os romances, as óperas, os filmes nos fazem penetrar em sua terrível intimidade. Os jornais nos relatam cotidianamente seus crimes. A história nos descreve suas intrigas nos mínimos detalhes. A política internacional nos detalha todos os artifícios de suas façanhas. Mas nos recusamos obstinadamente a acreditar que os maus existem. Há como que um tabu inviolável em pensar que pessoas de nosso meio, de nosso ambiente profissional, de nossa família, possam ter más intenções. Ora, proclamo aqui esta verdade difícil de suportar: os maus existem! Existem, de verdade, e são *perigosos*.

Tal como atestam a mitologia, os contos e toda a literatura, a *família* é o lugar privilegiado de ação da maldade.

O mal não é uma pessoa nem uma entidade bem definida, mas sim a qualidade particular de alguns processos. É fácil, porém, entendê-lo, se o comparamos com um ator, um parasita, um "alienígena" que se nutre de nossas neuroses e emoções negativas. Esse demônio usa nossos conceitos pré-fabricados, nossas projeções e tudo o que nos impede de reconhecê-lo, de ver as coisas tais como são, para nos manter dependentes dele. Os membros, por exemplo, de nossa família ou de nosso entorno são vistos como "filha", "marido", "pai", "esposa", "mãe", "irmão", "irmã", "filho", e não como seres humanos que agem *assim*, nos fazem reagir *assado* e nos desencadeiam *determinadas emoções*. Falo dos membros de nossa família, das identidades e relações pré-fabricadas. Mas todas as funções, os títulos, as relações convencionais impedem-nos igualmente de desnudar as almas e suas relações. É tão raro vermos as pessoas tais como são! Contamo-nos tantas histórias sobre elas em vez de, sem nenhum preconceito, *sentir* no coração o que acontece aqui e agora, fora da aparência, independente de títulos, nomes, conveniências e hábitos.

Impostores, dignitários da máfia, chefes de quadrilhas, ditadores, gigolôs, mães abusivas, chantagistas, pais incestuosos, mulheres amantes ou aspirantes a sê-lo, juízes corrompidos, advogados fraudulentos, traficantes, demagogos, falsos gurus, seres sedentos de poder, todos e todas se aproximam, fingindo querer estabelecer uma comunicação, apelam para a abertura de nosso espírito. Observemos atentamente suas palavras e o efeito que elas têm sobre nós. Como aranhas venenosas, eles esperam o momento de desatenção, o segundo fatal em que poderão inocular o seu veneno. Suas palavras de sofrimento e ilusão vão direto ao alvo. São tão rápidas! Estimulam com uma habilidade demoníaca os mecanismos do ego (medo, esperança, culpa, inveja, cobiça, necessidade de identidade, etc.). Dividem-nos contra nós mesmos, fazem-nos agir contra nossa própria vida. Quando estivermos suficientemente enfraquecidos, anestesiados, irão nos envolver em suas teias, sugarão lentamente nossa substância vital e, então, passaremos a integrar a legião dos mortos-vivos.

Atenção! Os maus existem *de verdade!*

desconfie dos mortos-vivos

A consciência plena é o caminho da imortalidade
A negligência, o caminho da morte
Os vigilantes nunca morrem
Os negligentes vivem mortos

Dhammapada

* * *

O malvado, ou o morto-vivo, se deixa reconhecer por uma marca infalível, que, bem mais do que uma marca, é a própria essência da maldade: embora faça tudo para dissimular, ele é *frio*.

Os malvados não amam. Fogem da ternura, dos afagos, da intimidade, do humor. Tudo está na imagem, até o amor. O malvado (ou a malvada) beija como se devorasse uma presa.

Quem se deixa fazer mal está anestesiado. Quem pratica o mal é insensível. O mal é o destino dos mortos-vivos.

Você que foge de seu coração arruinado, que se torna insensível, será que não percebe que está virando um morto-vivo?

* * *

Relacionar-se com o outro é contatar sua substância irritável, sentir seu sofrimento e sua felicidade, desfrutar de sua alegria e padecer de sua dor.

O malvado se insere na vida do outro, o faz sofrer e imagina que não sofre do sofrimento do outro. Ignora a reciprocidade de todos os seres. Desconhece o amor.

O malvado acha que pode fazer sofrer sem sofrer. Ele se *separa*.

O malvado foge do próprio coração.

Os seres sem coração ferem os corações sensíveis. Corações de pedra, eles congelam até onde podem os corações sensíveis. A compaixão é o único remédio capaz de nos pôr em contato com o coração ardente da humanidade.

Alguns crimes são inesquecíveis e imprescritíveis. Nenhum, porém, é imperdoável.

Desencadear o ódio é a máxima vitória dos malvados.

* * *

O morto-vivo inveja os outros terrivelmente. Os outros parecem viver de verdade, enquanto ele parece vegetar. E essa diferença é atribuída de modo equivocado ao fato dos outros "possuírem" o que ele não possui (sorte, prazeres, fortuna, poder, glória, felicidade, tranqüilidade e sei lá o que mais...). Na verdade, só lhe falta reconhecer o amor e a sensibilidade que ele já tem em si mesmo.

O morto-vivo quer que os outros vivam o que ele próprio vive: a imensa frustração de não viver, o medo, o endurecimento do coração, o aprisionamento na ilusão. O morto-vivo projeta seu ser no mundo.

Os malvados não sabem que são bons. São presas de uma terrível sensação de falta, de pobreza. Buscam, então, construir seu ego a partir da energia dos outros, de preferência aqueles que são "ricos", bem relacionados, mas não o bastante para que desmontem o mecanismo pelo qual se deixam parasitar.

Certos seres perigosos são sensíveis o bastante para se desesperarem com o fato de não o serem de verdade e suficientemente inteligentes para *simularem* sensibilidade.

Não suportando a vida autêntica, que o remete à sua desventura, o morto-vivo sofre uma condenação: envolver o outro em sua perda.

* * *

O vampiro anestesia a vítima com palavras, golpeando-a no lugar do ego. A dor faz a vítima parar de sentir e então ela passa a escutar com uma credulidade crescente as palavras que a hipnotizam. Quanto mais ela sofre, mais se impede de sentir e mais eficazes são as palavras do vampiro: "esqueça, esqueça, não sinta o que está acontecendo, não olhe, desvie a atenção, esqueça tudo, esqueça de si, não se retome, não fale a língua da alma, fuja, escute-me..."

Os malvados são como abutres: sentem o cheiro da morte e vêm comer. Percebem nossa parte morta e a partir dela penetram em nossa alma. Nada há a temer se estamos plenamente vivos, plenamente conscientes, se o espírito está presente e se habita completamente nosso corpo e nossa vida.

* * *

Algumas pessoas estão praticamente mortas por dentro. Buscam sugar a vida de pessoas vivas mas neuróticas, isto é, que projetam a própria luz nos mortos-vivos incapazes que são de reconhecê-los. Os mortos-vivos sabem muito bem usar os mecanismos da projeção em seu próprio benefício. Colocam na cara de suas vítimas um espelho em que elas só conseguem identificar a própria imagem a partir da referência do outro. Mas se as vítimas já não fossem elas mesmas mortos-vivos, *sentiriam* em vez de se fascinarem com suas projeções e se perderem nas imagens. Para detectar os vampiros, é preciso ter tido a experiência direta e profunda de uma relação não fundada nesse jogo de ilusões, a experiência do contato de uma alma com a outra ou, no limite, de si consigo.

O vampiro, um morto-vivo, nunca busca seu reflexo num espelho, porque este nada refletiria. No castelo do Drácula, os espelhos estão escondidos. O narcisista, por sua vez, se fascina com a própria imagem porque, na falta de vida interior, só lhe resta a aparência. Vive dos reflexos que os outros lhe remetem. O vampiro, que esconde os espelhos, e o narcisista, que deles se cerca, são uma só pessoa. O malvado não tem coração, amor, energia vital. Para sugar sem ser visto o sangue dos outros, mostra-lhes o espelho do ego. A vítima, então, achando que observa o outro, está sempre e apenas em contato com o próprio ego: seu narcisismo, sua culpa, seu medo de abandono, sua "necessidade de ser amada", sua fome de prazer, seu temor, sua generosidade ingênua, etc. Envenenada pelo próprio ego, enredada nas imagens que projeta no espelho que o vampiro exibe, cada vez mais adormecida, a vítima deixa escoar o sangue, o amor, a vida, o respeito por si. O monstruoso parasita sorve avidamente a luz de sua alma pela chaga que o ego deixou aberta. Até que finalmente a vítima morre e passa a ser ela também mais um morto-vivo, mais um vampiro.

Quem é esse parasita que habita nossa vida, esse morto-vivo que quer nos desviar? Mire seu reflexo no espelho do ego.

A morte nos penetra pela imagem.

da servidão voluntária

*Mara[1], o tentador, não consegue descobrir
onde estão os seres despertos
É que eles vivem em plena consciência e em perfeita liberdade*
                                                    Dhammapada

* * *

O mal jamais confessa que é o mal. Apresenta-se impassivelmente com a aparência do bem. É exatamente como um partido político totalitário: quer dominar mas só fala de "libertação". Mente e não pára de proclamar sua boa-fé e tratar os adversários como mentirosos. Prende-o em suas garras para destruir sua alma: primeiro, o faz cuspir naquilo que você mais gosta (a começar por você mesmo); depois, isola-o, torna-o dependente, amedronta-o, joga com todas as suas fraquezas para, por fim, fazer com que você se despreze. Destrói tanto sua auto-estima, que você nem mais se lembra de que a liberdade existe.

O exercício da tirania se dá quando as almas se voltam contra si mesmas. A tirania aterroriza, seduz, culpa, compromete, insufla a frustração e o ódio, faz cuspir naquilo que se ama ou se respeita. Ela organiza o desprezo de si. Expõe ao mundo o ego daqueles que se deixam sujeitar. Se fôssemos realmente livres e não usássemos nossa energia para nos destruir, jamais nos deixaríamos dominar.

Só você e ninguém mais tem autoridade sobre si mesmo. O objetivo do poder é muito simples: dirigir sua própria energia contra

---

1) Mara — No budismo, a Morte, o grande deus que domina o mundo, o rei dos deuses do Desejo. Na lenda do buda Cakyamuni, é o demônio. (N.T.)

você mesmo e com o seu assentimento. "Tenho medo" significa: "Eu me deixo ter medo"; "estou seduzido" significa "eu me seduzo", etc.

* * *

Há entre as almas aquelas que são presas, outras que são predadoras e aquelas que, escapando da caça, estão imersas no amor. As presas não se percebem integralmente. Não ocupam a plenitude da vida. Não estão inteiramente presentes. Não *cuidam* do espírito. Sua vida, então, fica exposta. Os predadores, por sua vez, são sedentos da vida dos outros. Para nutrir o ego, penetram no espírito das presas pelas brechas de sua presença.

Os predadores garantem o poder transformando suas vítimas em inimigas de si mesmas. A zona morta, insensível, a parte não vigiada do espírito marca o destino da vítima. A partir daí, é preciso que a presa contribua para a sua própria anestesia, que o início de necrose por onde o parasita penetrou não pare de aumentar: obsessões, narcisismo, medo, preguiça, cobiça, necessidade "de identidade"... E à medida que a chaga se alastra, a vida da alma enfraquecida se esvai sem retorno.

* * *

A pessoa que se deixa aprisionar pelos venenos do espírito quer que os outros satisfaçam as suas neuroses. Usa sua energia para alimentar argumentos neuróticos. Mas há sempre dois responsáveis pelo mal: o parasita e aquele que se deixa parasitar. Deixar-se parasitar também é uma neurose. O ativo e o passivo são as duas faces do mesmo mal, egos complementares.

O ego do vampiro só se ramifica sobre o ego da vítima. Se a vítima não exibisse seu ponto frágil, sua ilusão, sua insensibilidade, não se deixaria pegar.

Aqueles que pensam que não têm o direito de viver já estão meio mortos.

* * *

Algumas pessoas escolhem ficar do lado do poder ou da exploração. São os parasitas, os vampiros. Outras, os dominados, os "gentis", os indulgentes, são parasitadas pelos primeiros. As duas categorias contribuem em partes iguais para perpetuar e propagar o sofrimento. No entanto, é bem mais fácil para o parasitado do que para o parasita libertar-se do sofrimento: ele ainda é o menos dependente.

* * *

Eles só lhe fazem mal porque foi você quem lhes deixou o campo livre para o ataque. Se você estivesse estado totalmente presente, se tivesse vivido em plena consciência, não teria se exposto ao sofrimento. Você não é vítima, mas sim voluntário.

* * *

Aquele que o envolve numa corrente de pensamentos envenenados lhe faz mal. Mas afinal quem é o responsável: você ou ele? Quem governa seu espírito?

a mentira

Para o malvado, a desatenção e a ilusão das vítimas é essencial. Ele próprio vive em dois mundos ao mesmo tempo: a aparência que exibe a suas vítimas e sua existência real, feita de ódio, inveja, cobiça, medo, falta e desprezo. Os seres *simples* não têm idéia da manipulação deliberada a que se entregam constantemente esses seres *duplos*: os mortos-vivos.

* * *

O malvado deve viver de aparências, manter e construir cada vez mais aparências. Se seu coração se revelasse, descobriria o vazio glacial em que vive, sua ausência de amor, ternura e presença. Aterrorizado pelo abismo que sente sob os passos, anestesia-se ainda mais, atordoando-se nas imagens, nas intrigas, nos jogos de poder, na vaidade e na distração. Ao sentir secretamente que nada tem, que está desligado de si e dos outros, para abstrair-se dessa sensação, vai acumulando freneticamente as propriedades do nada.

O mal não existe sem mentira. Ele deve produzir imagens, reflexos, manipular as percepções, as sensações e as emoções.

* * *

O ser bondoso *pratica* o bem. O malvado *forja a imagem* do bem, realiza ostensivamente o gesto da generosidade. Pode aparentemente se mostrar indiferente às suas boas ações, mas, por trás dos panos, está armando para ser reconhecido. O malvado só é generoso por medo, cálculo, conformismo. O malvado arvora uma bondade camuflada.

Os malvados são caricaturas de seres bondosos.

O mal sempre se apresenta sob a aparência da justiça, da razão, do bem, do coração, da humanidade, etc.

Mesmo assim será que você não preferiria que os malvados se *apresentassem* como malvados?

* * *

Nunca se viu um opressor *justificar* suas artimanhas pela denúncia, pela acusação ou pela desqualificação de suas vítimas.

O malvado apela sempre para a sua humanidade, sua bondade, seu senso de sacrifício, seu sentimento de justiça, etc. Por que ele se privaria de tal artifício, se é justamente isso que o faz cair em sua armadilha?

O malvado sempre aparece como vítima, uma pessoa (ou um

grupo) oprimida, sacrificada, infeliz, fraca, que é preciso ajudar, desculpar, etc. O malvado pede... e bem rápido exige.

É preciso proteger os fortes dos fracos.

Nietzsche

* * *

O malvado não gosta da verdade nua e crua decorrente dos atos e das situações efetivas. Enreda-a sempre em suas palavras. Complica, argumenta, seduz, mente, interpreta. Não quer, sobretudo, que vejamos o que de fato acontece. Então, ele não pára de *desviar a atenção*, pregar armadilhas, questionar os outros, fazê-los duvidar de si mesmos. É o mestre das aparências, do cálculo dos efeitos, da "política externa". O que todo mundo se gaba em observar na política internacional acontece igualmente (embora em outra escala) nas famílias. Mas ninguém enxerga nada.

Ele apela para o direito, a razão, os bons sentimentos, a generosidade, a piedade. Desafia-o a provar que você é bom. Joga com o seu ego. E durante todo esse tempo, você nem mesmo se pergunta se *ele* é bom.

O malvado fatalmente irá sugerir que é *você* muito bem quem poderia ser o malvado.

Os malvados estão sempre "denunciando os malvados", maldizendo, acusando, criticando, desqualificando, zombando, ironizando.

* * *

O mal está sempre travestido de bem. Os malvados mostram-se necessariamente bons, ou se escondem debaixo de máscaras de autoridade, prestígio, sedução, amizade, laço familiar, vantagens materiais, religião, laço espiritual, etc. Fazem-nos imaginar o bem para nos distrair do que realmente sentimos. Digo "o mal", quando, na verdade, estou falando do esforço que fazemos para nos iludir. Quando pararmos de nos fixar em imagens, projetar luzes rosas e azuis e nos voltarmos para a sensação do coração, o mal perderá todo seu poder.

as relações tóxicas

À primeira vista, o mal é *o que causa* a tristeza e a pessoa má é *aquela que* nos deixa tristes. Mas essas definições não são aceitáveis porque deixam a porta aberta para todo tipo de projeção. Se depositamos nosso medo, ódio ou inveja em uma pessoa, temos a impressão de que ela é '"má" porque forjamos a idéia de que é *ela quem nos causa* tristeza. Ora, ao contrário das relações que imaginamos com essa pessoa, a tristeza existe de verdade. Nesse caso será que não deveríamos definir o mal como a própria tristeza e não sua causa? Mas há causas e causas. Então, do que se trata? De um "agente externo" (um suporte de projeções) ou uma certa qualidade de representações e processos mentais?

Se alguém o prejudica deliberadamente, lembre-se, primeiro, que você não estava presente no lugar onde a injustiça lhe foi cometida. A pessoa que lhe faz mal ensina que você não está no lugar da dor. Observe, em seguida, que a pessoa que o agride está encerrada num universo de ódio. Ela "desfruta" talvez de tê-lo prejudicado, mas não é "feliz": está tão longe de si mesma, tão longe da centelha do fogo divino que arde no fundo de seu coração. Aproveite, por fim, a ocasião de observar e sentir com a maior precisão os pensamentos que o invadem, seu encadeamento, sua qualidade de sonho, seu vazio essencial.

* * *

Você sofre de um mal psíquico.

Sua primeira reação é atribuir uma origem "externa" a esse sofrimento. Mas a pretensa causa do sofrimento, que você acredita ser uma outra pessoa, ou uma categoria de pessoas, está sempre em você mesmo. É a partir de um julgamento equivocado que você atribui ao outro a causa de seu sofrimento. O pior é imaginar que o outro "quer" fazê-lo sofrer, tem más intenções, despreza-o ou negligencia-o. Mas o outro está sempre às voltas com as próprias representações e nunca com "você". E você faz exatamente o mesmo, só se debate contra si mesmo.

Sua segunda reação, automática, surge bem rápido, em uma fração de segundo. Você quer se "vingar", dar o troco. Quer que o outro sinta o seu sofrimento, descontá-lo no outro em vez de reciclá-lo em si mesmo. É assim que se engata a espiral infernal ou que ela prossegue impassivelmente.

Para não desencadear esse ciclo ou para interrompê-lo, não há outra solução senão suspender por um instante o julgamento sobre a origem do sofrimento. Fique em "eu sofro". Abandone o discurso que acompanha o sofrimento e vá até o fundo da dor. A dor não tem "razão". Ou melhor, se você sofre, é porque seu ego foi excitado, porque você está descentrado, porque não se concentrou no amor que deveria ter por si mesmo, nem se muniu de uma compaixão incondicional pela pessoa que está à sua frente (o que dá no mesmo).

Prove a emoção. Sinta todas as suas sutilezas. Experimente sua completa violência. Esteja atento ao sentimento de urgência que o invade. Observe atentamente como e com que argumentos vitais, definitivos, irrecusáveis, você é levado a passar ao ato.

Imagine agora o resultado que teria essa passagem ao ato. Você argumenta que só seria justiça. Pensa, sem se confessar muito bem, que ficaria aliviado. Mas não é verdade.

Ponha-se sincera e completamente no lugar do outro que você quer agredir, seguro de seus direitos. Imagine que você é a pessoa junto à qual quer se queixar ou reivindicar. Tente compreendê-la independente de suas motivações, sua emoção e de seu próprio mundo interior.

Não se abstraia de si mesmo para se distrair do sofrimento. Faça-o a fim de aprender a subjetividade do outro com a maior lealdade possível.

Examine sistematicamente as diferentes hipóteses sobre a origem de seu sofrimento: as situações que moldaram sua personalidade, as tendências habituais de seu ego, as idéias que você forjou de si mesmo, seus medos familiares, suas angústias inveteradas, seus pensamentos obsessivos, suas invejas ou ciúmes recorrentes, seu narcisismo ferido, sua cobiça frustrada, etc.

Se após amadurecida reflexão, você verifica que algumas pessoas são constantemente a verdadeira causa de seu sofrimento, não as agrida, não as reprove. Se possível, fale franca e sinceramente dos problemas, mas sempre com frieza, quando a emoção estiver arrefecida. Nunca aja movido pela *urgência* do sentimento, governado por um julgamento *automático*, que é quase forçosamente falso.

Se os problemas persistirem, guarde a devida distância, afaste-se tranqüilamente, de preferência fisicamente, e se não for possível fazer de outro modo, afaste-se internamente. Mas afaste-se *completamente*. Jamais mantenha relações tóxicas.

* * *

Grande parte dos erros de nossa vida vem do medo que temos de ficar sós. Sós com o nosso sofrimento.

O malvado não consegue ficar só. Está condenado a devorar a vida dos outros para alimentar o seu ego. Saber estar só, saber que somos sós, eis a sabedoria. Quando deixarmos de comer a carne humana, deixaremos de ser devorados. E então passaremos a enxergar as almas luminosas, as demais solidões.

* * *

Se o viajante não encontrar um companheiro igual ou melhor
Que não sofra a companhia de um insensato
Mas caminhe decididamente só

Dhammapada

o capítulo da ética

cuide de sua felicidade

Cuidar da felicidade é a sua primeira responsabilidade. A felicidade é infinitesimal, molecular, depende da qualidade de nossos instantes de existência.

A vida é feita de segundos que se sucedem. Cabe somente a nós fazer com que esses segundos sejam felizes ou infelizes.

* * *

Somos a primeira coisa de que devemos cuidar. Nosso ser está sob a nossa mais direta responsabilidade, muito mais do que nossos filhos, pais, companheiro(a), amigos, nação, empresa ou a sorte do mundo. Se não cuido de mim mesmo, como poderei cuidar dos outros? A qualidade de nosso ser comanda a qualidade de nossa ação junto ao outro. É por isso que nossa primeira preocupação deveria ser a textura íntima de nossa própria vida.

Cuidar de si não significa de modo algum perseguir uma certa *aparência* física ou moral, correr atrás de dinheiro, posses, poder, títulos, prestígio, reconhecimento, amor, etc. Significa que temos de desenvolver nossa capacidade de *sentir* nossas próprias emoções e as dos outros, *pensar* de modo justo e *perceber* a beleza do mundo.

* * *

Com grande freqüência, a vontade de ajudar e curar os outros nada mais é do que uma projeção de nossa própria necessidade de cura. Antes de pensar em transformar o mundo, entenda primeiro o que você deve melhorar em si mesmo.

* * *

Se todos fossem naturalmente para o lugar onde se sentem melhor, se satisfizessem realmente a própria felicidade, se tomassem consciência de que são donos da própria vida, de que *são* a própria vida, muito menos infelicidade, opressão e injustiça haveria no mundo.

seja senhor de si

Você só tem os mestres que quer, aqueles que você escolhe. O mestre, portanto, é sempre você mesmo.

Qualquer que seja a situação em que você esteja, as pessoas que o cercam são apenas hóspedes na casa de sua alma. Você está sempre inteiro em sua casa.

Não deixe que ninguém se apodere de sua alma, isto é, que o deixe com raiva, desperte sua inveja, seu orgulho, o seduza, o iluda... Você é o senhor de sua alma. Seu mundo só diz respeito a você.

Muitas pessoas podem estar fisicamente próximas de seu corpo, o que não significa que possam controlar o seu espírito.

Fique atento à maneira como as pessoas que se aproximam de você desencadeiam determinadas emoções: a cólera pela agressão, a paixão pela sedução, o orgulho pela adulação, a culpa pela acusação, a confusão pela mentira, o medo pela ameaça, a esperança pela promessa, etc. Observe bem como funciona a manipulação. Em última instância, você é sempre cúmplice dessa manipulação, já que é você e ninguém mais quem desenvolve os próprios sentimentos. Você pode sempre, se não evitá-los totalmente, ao menos observar como nascem e se dissolvem sem se prender neles, sem que suas palavras ou seus atos lhes obedeçam. Quando descuidamos do espírito, quando nos ausentamos do próprio corpo, quando a luz da plena consciência não mais irradia no centro de nossa alma-mundo, nos submetemos, transformamo-nos em mortos-vivos, marionetes, e então qualquer força obscura pode se infiltrar em nossa vida.

Não se deixar manipular pela ilusão requer constante vigilância.

frustre o sofrimento

Nunca estamos livres dos parasitas, da tristeza, do sofrimento. Imaginar que nos livraremos deles um dia é a pior das ilusões, o supremo sofrimento. *Todo o trabalho que realizamos para afastar o sofrimento acaba por alimentá-lo.* Eis o segredo.

* * *

O sofrimento *sempre* volta. Mas podemos aprender a acolhê-lo para que ele não se instale de modo definitivo. Quando o sofrimento irromper, não tire os olhos dele enquanto ele não se for espontaneamente. Não o alimente, negando-o, esquecendo-o, afastando-o ou obedecendo a seu comando. Se mantemos constante contato com ele, simplesmente observando-o, ele passa sem nos prejudicar. Mas basta um segundo de desatenção para que ele inocule o seu veneno, nos anestesie, sugue o nosso sangue e prepare o terreno para um exército de futuros sofrimentos.

Quando tiver um sentimento triste (cobiça, esperança, agressividade, medo, inveja, etc.), não pense que é *você* quem tem essa emoção. Reconheça antes a manifestação de um parasita emocional. Se você rejeita, nega, acredita, foge ou obedece a esse sentimento, o mecanismo da familiaridade se instala e a armadilha da dependência mais uma vez se encerra.

Basta tentar se livrar do sofrimento para que ele assegure seu poder sobre nossa alma. Atenção! Tudo acontece numa fração de segundo. Então, assim que você detectar o sofrimento (e mesmo a esperança é uma forma sutil e particularmente virulenta de sofrimento), acolha-o, aceite-o, experimente-o, observe-o em plena consciência e, depois, *deixe-o partir por si mesmo.*

As emoções negativas são poços de energia que só conseguem esvaziar nossa vida porque nos fazem acreditar que são reais. Ora, tudo reside no próprio espírito.

o obstáculo é o seu caminho

Pense em suas maiores feridas, em particular, naquelas da infância, que mais o fizeram sofrer e que tiveram mais conseqüências. Pense em todos os obstáculos da sua vida. Esses obstáculos *são* o seu caminho. Não há outro caminho senão os obstáculos.

Nada, jamais, está ganho definitivamente. O cansaço, a tristeza, o ego, os mecanismos do sofrimento e da agressão parecem sempre dominar. Identifique, sem trégua, os seus demônios, fique vigilante, crie exercícios para se desprogramar. Sinta, sobretudo, suas emoções. Não há nada a fazer senão viver cada segundo em plena consciência. Olhe para cada recaída, cada sofrimento, como uma preciosa indicação do caminho que lhe resta percorrer.

Abandonar o sofrimento não significa se anestesiar nem se refugiar compulsivamente da dor nas fantasias, mas sim conhecer suas causas e erradicá-las. Que cada sofrimento o faça lembrar desse preceito.

* * *

Cultive pensamentos de gratidão por todos aqueles que o amaram, lhe fizeram bem, trabalharam para que você pudesse levar uma vida boa (professores que abriram seu espírito para os trabalhadores que fabricaram todos os objetos que você usa). Cultive também o reconhecimento por aqueles que o fizeram sofrer, pois foram eles que lhe indicaram seus apegos, ajudando-o assim a progredir no caminho.

Substitua o ressentimento pela gratidão.

* * *

Se você decide ser o ator e autor de seu próprio mundo, se aceita as dificuldades dos testes que certamente o farão crescer, então você resolveu se engajar no caminho da liberdade. Mas se tem a sensação de se resignar, de ser vítima, você acaba *se tornando* a própria vítima. É você quem produz, secreta, em seu íntimo, um mundo de vítima. Você escolhe ser vítima.

Consideremos nossos períodos de frustração, confusão e de sofrimento como etapas indispensáveis no processo de aprendizagem. O que aprendemos com o sofrimento? Que é inútil e vão. Que somos nós que o produzimos sem poder nos queixar do que quer que seja. Que não há lugar para sofrer.

Cada situação é uma mensagem da alma para a própria alma. Cada pessoa que você conhece manifesta o seu próprio espírito. Os bloqueios externos, as paralisações de sua vida são estagnações internas. É você quem cria momentos difíceis, como provas, para poder crescer.

* * *

O objetivo do caminho espiritual não é eliminar a incerteza, a desordem, o mal-estar, o sofrimento. Isso é o que quer fazer o ego. O fim da senda não é certamente encontrar a Verdade, estar com a razão, passar definitivamente para o lado do "Bem". Essas são as finalidades do ego. Em todas essas versões equivocadas da Busca, ainda estamos comparando aquilo que é com aquilo que deveria ser. O caminho espiritual se transforma tão facilmente em seu oposto!

* * *

Todo o dia não consagrado ao aperfeiçoamento da alma e à alegria profunda de tornar o mundo mais belo é um dia perdido. Cada dia é uma oportunidade que nos é dada e que não tem volta.

Não temos nenhuma necessidade de nos aperfeiçoarmos, pois já temos tudo, já *somos* tudo. O sofrimento vem da idéia de que algo nos falta. Abandonemos essa idéia e contemplemos nossa perfeição, a perfeição do mundo e a dos outros, aqui, agora.

Não há caminho.

não obedeça à moral

A moral clama por obediência. A liberdade, pela ética.

A moral julga baseada em critérios e regras universais, antes de provar, reconhecer e compreender.

A moral quase sempre se volta contra o próprio ser. Dela nos servimos para culpá-lo, julgá-lo, bloqueá-lo, humilhá-lo. Ora, tudo o que diminui o ser humano é ruim.

Os preceitos éticos só têm sentido para uma personalidade aberta, em contato consigo mesma, consciente de suas emoções, em formação, em crescimento. Para outros, e talvez para a maioria das pessoas, as máximas éticas são regras morais, barreiras de prisão. Nada têm de libertador.

A ética é o veículo que conduz à felicidade. Exige-nos a plena consciência. Lembra-nos sem cessar: "Esteja presente!".

O desenvolvimento pessoal é o primeiro degrau, o meio e o fim da ética.

A ética não tem outros critérios senão a alegria, a intensidade da luz interior.

* * *

Categorizar, julgar, delimitar, traçar campos opostos impede que sigamos a diversidade fracionária, as misturas, as diferenciações inacabadas, as interpenetrações, os arabescos, os meandros e o entrelaçamento infinito do real. A guerra está do lado das fronteiras e da separação, o amor, disseminado em todas as mesclas.

Nenhuma qualidade de emoção é boa ou má em si. O amor, a amizade, a compaixão podem ser impuros ou mesmo desastrosos, segundo as circunstâncias, a intenção que os anima ou a cegueira que os move. De modo inverso, a tristeza, o orgulho, o ódio, a cólera, o espírito simplista, em raras circunstâncias, podem revelar qualidades.

Nenhuma linha de conduta deve ser seguida às cegas. Jamais podemos prescindir da prudência, da atenção e da inteligência discriminante.

O valor supremo de uma qualidade ou de uma emoção não é sua natureza intrínseca mas o que fazemos dela.

Toda virtude está impregnada de negatividade. Todo erro possui uma dimensão de santidade.

Não há norma absoluta. Todo ato deve ser medido segundo as circunstâncias e os homens.

* * *

De que serve ser bom se você está extenuado, arrasado, aprisionado, e se não tem nem mesmo a possibilidade de exercer a sua bondade? Você também deve ser forte.

Compaixão e inteligência discriminante andam juntas e se reforçam mutuamente. Mas se uma se expressa em detrimento da outra, nenhuma subsiste e nossa perda é segura.

esteja presente

"Esteja presente!" é o primeiro e último mandamento da ética. Mantenha-se diretamente conectado, aqui e agora, com suas emoções, com as dos outros e com o mundo. Sinta claramente e com todo o corpo o que faz bem a você e aos outros. Sinta com distinção e com toda a alma o que faz mal a você e aos outros. Toda ética se resume numa percepção clara e viva do que há de alegria e sofrimento, dor e amor nas situações, sem projeções nem deslocamentos. "Aplicar" regras morais sem estar conectado consigo, sem *estar presente*, é o mesmo que imaginar, como no caso de um cego, que um aparelho fotográfico caro lhe permitirá tirar fotos maravilhosas. Ora, o essencial está muito mais na acuidade do olhar do que na perfeição do aparelho. É por essa razão que a bondade tem muito pouco a ver com o fato de ter recebido uma instrução ética explícita. O conceito nada é sem a presença. A instrução só ganha sentido com a sensibilidade.

Sem a percepção das situações, a ética é apenas um voto de piedade.

Para perceber as situações, precisamos despertar e aperfeiçoar nosso corpo emocional.

* * *

Uma parte essencial do progresso moral consiste em se desprender das racionalizações e dos julgamentos para que possamos viver mais perto da essência da vida. Se assim o fizéssemos, o ressentimento e o ódio de si se atenuariam e faríamos menos maldade. É preciso suprimir a causa, modificar o terreno do mal. Em uma palavra, cuidar do doente em vez de puni-lo. Ora, a causa é sempre falta de vida, ficamos demasiado longe de nós mesmos, ausentes, anestesiados, *não sentimos* que estamos frágeis.

Afinemos e refinemos sem trégua nosso órgão de percepção moral: o corpo emocional. Se esse órgão estiver anestesiado, ferido, amputado, as mais belas doutrinas morais assim como as melhores intenções de nada servirão. Só podemos ser bons se estivermos estreitamente conectados a nós mesmos.

Amarás o próximo como a ti mesmo. Certo. Mas e se você não se ama? *Não faças com os outros o que não queres que façam contigo.* Perfeito. Mas e se você não consegue sentir o que fazem com você?

* * *

Não se distingue um vinho ruim de um vinho medíocre pelo raciocínio, pela lógica, por referências ou pela autoridade. Não, assim não. É preciso provar. Exercitar e desenvolver a sensibilidade. O mesmo vale para o bem e o mal. Nós os sentimos. Mas não com os sentidos habituais e, sim, com uma espécie de sensibilidade da alma à própria alma. Uma sensibilidade a si, ao outro, à textura dos comportamentos, das atitudes, das propostas, da maneira. O que você é capaz de sentir?

Bom ou mau? Primeiro, é preciso provar. Nenhum princípio imutável, nenhum raciocínio, nenhuma identidade, nenhum vínculo com o lado "bom" da batalha garante o bem de antemão.

* * *

Saber o que é o mal e o que é o bem é uma coisa só e não tem absolutamente nada a ver com definições e conceitos. Trata-se do desenvolvimento de um sétimo sentido. Não sabemos o que é o bem se não somos capazes de reconhecer o mal *de cara*, tal como reconhecemos o cheiro de um cadáver se decompondo. Estar presente, atento, vigilante, muito bem, mas a que exatamente? Ao amor e ao sofrimento.

O bem é uma fonte abundante, o mal um abismo sem fundo. Os bondosos assemelham-se a sóis; os malvados, a buracos negros que devoram a luz. Um instante de paz infunde ternura no mundo todo. Um lampejo de ódio acende um milhão de fogueiras no inferno. Que tudo isso fique visível, evidente, flagrante, em cada segundo de sua vida. Aprenda a sentir o campo magnético da verdadeira realidade, a do amor e do sofrimento.

* * *

Nunca adormeça. Não adormeça o coração. Se seu coração estiver aberto, presente, sensível, ferido, ardendo, vulnerável, você não suportará o mal e ele não o atingirá.

A única maneira de reconhecer o mal que sentimos ou que fazemos é tornar-se sensível, cada vez mais sensível.

* * *

Como aprender a "estar presente"? Os métodos de psicoterapia e meditação são inúmeros. Mas nenhuma técnica de vigilância dá garantia absoluta e nada acontecerá se a esse aprendizado não consagrarmos uma energia tenaz e uma determinação infalível. Nenhuma prática espiritual colhe seus frutos sem um trabalho cotidiano, uma busca sincera, um esforço de compreensão *pessoal*.

expulse a sombra

Mantenha o espírito claro. Seu adversário, o diabo, ronda como um leão rugindo à procura de uma presa para devorar.
Primeira epístola de Pedro, V, 8.

Algumas pessoas têm uma sensibilidade inata para o mal e para a agressão. Outras, em contrapartida, precisam aprender a desenvolvê-la a duras penas e às suas próprias custas. Outras, então, jamais conseguem desenvolvê-la.

Reconhecer o mal pela raiz, em suas manifestações, nas pessoas que o encarnam é uma das mais importantes qualidades morais.

A capacidade de ver claramente como são as relações emocionais entre os seres, o dom de sentir as situações e as pessoas tais como são, com suas cores de agressividade, ameaça, medo e amor nos dá uma força quase invencível.

O mal penetra sempre pelas sombras, pelas ausências. Em especial, quando nos ausentamos de nossas emoções. E o mal, em si mesmo, *é* uma ausência, uma frieza, um gosto pela destruição, uma prisão sem recurso nos labirintos do ego, uma autodestruição que quer arrebatar o mundo consigo.

Se você for capaz de reconhecer o mal na hora, no exato momento em que ele surge, então ele não conseguirá mais atingi-lo no seu íntimo, não poderá mais *tocá-lo*. O agressor se torna transparente. Quando você é capaz de sentir e reconhecer o sofrimento em sua luz plena (a humilhação, a culpa, o medo, a frustração, etc.), percebe ao mesmo tempo sua natureza ilusória: é só um pensamento que o outro lhe desperta. Chega-se, assim, uma vez mais, ao paradoxo de que só podemos nos libertar do sofrimento (ou da agressão) se o sentimos plena e distintamente. O sofrimento tem que sair da sombra.

Entende agora por que os malvados quando o prejudicam fazem de tudo para que você não sinta?! Eles têm a mais urgente necessidade de que você sofra sem saber por quê. Sempre tentarão fazê-lo achar que não é verdade o que você está sentindo, que não é verdade o que você está pensando. Os malvados o anestesiam ou desviam sua atenção no exato momento em que o estão golpeando. São especialistas nessa arte. Se você tivesse sentido claramente a dor, não se deixaria levar uma segunda vez. Mas eles o convencem de que você nada sentiu ou de que eles não têm nada a ver com o que ocorreu. É por isso que o malvado é sempre mentiroso, enganador, ilusionista, hipnotizador. Se exibisse sua ação na cara de todos, se saísse da sombra, não mais poderia fazer os outros sofrerem em seu lugar.

Todo sofrimento não sentido, não identificado com clareza, fica na sombra, se materializa. E se materializa justamente como um sofrimento que não pôde ser reconhecido, para o qual você está cego. Se você, por exemplo, se sente culpado e não identifica clara e vivamente esse sentimento em seus mínimos detalhes, deixará desenvolver em torno de si, como erva daninha, um universo parasita de acusadores e manipuladores que deveriam ter sido eliminados de sua vida desde a primeira vez em que apareceram. O mesmo vale para o medo, a frustração, a humilhação, a inveja, etc.

Escute: o que essas pessoas estão falando? Sinta: que energia elas irradiam? Não espere, não alimente esperanças, elas *são* assim.

* * *

Temos dificuldade de "ver" nossos parceiros amorosos, nossos sócios e amigos porque eles estão *em nossa sombra*: os aspectos ocultos de nossa personalidade e a dimensão maligna de nosso ambiente estão numa profunda relação de conivência.

Os seres humanos costumam se casar com aquelas pessoas que evidenciam uma tendência que foi recalcada ou cuidadosamente dissimulada. O parceiro torna visível "a sombra" da pessoa.

Reconheça no que há de doloroso sua própria fraqueza, sua própria cegueira, sua inconsciência, sua sombra.

* * *

Você consegue sentir quando as pessoas lhe fazem mal ou quando fazem outras pessoas sofrer? Consegue sentir suas garras? Seus dentes? Sente como polarizam o campo de experiência em torno de si mesmas? Sente o mal cheiro da agressão? É capaz de reconhecer tudo isso *na hora*? Deter o mal, desmascará-lo no ato? Se assim o fizer, estará desmascarando ao mesmo tempo uma parte sua que é agressiva contra você mesmo. Quando a sombra for dissipada de sua alma, também será reduzida no mundo.

A matéria se cristaliza na sombra. Ilumine tudo e nada mais será real.

conheça a si mesmo

De tanto nos ouvir pensar, acabamos discernindo o que os outros também estão pensando. Aqueles que meditam muito adquirem a sabedoria discriminante, a espada de dois gumes. Quanto melhor identificamos nosso ego, melhor detectamos o ego dos outros. É por estarmos atentos a nós que podemos estar atentos aos outros. Se assim não for, o ego do outro se enxerta no nosso (ou o inverso) e afundamos na confusão. Quando ele não me cega mais com meu próprio ego, passo a enxergá-lo. Sua acusação não provoca minha culpa, sua adulação não desencadeia meu narcisismo, etc. Meu ego não me ilude mais porque eu já posso vê-lo. Porque me conheço. E é exatamente porque consigo me ver que posso reconhecer os outros. A luz da sabedoria ilumina em todas as direções. Conheça a si mesmo, pois assim conhecerá tudo. Ame a si mesmo, pois assim amará tudo.

Conhecer a si mesmo é condição indispensável para conhecer e compreender os outros. Mas devemos nos conhecer em todo o leque de nossas tendências e inclinações, inclusive o medo, a inveja, o ódio, a covardia, a culpa, etc. Se não estamos em contato com esses nossos aspectos (mas também com os desejos, os entusiasmos e as possibilidades maravilhosas que deixamos morrer), não podemos reconhecê-los nem compreendê-los nos outros, pois assim correríamos o risco de ver revelado o que queremos manter oculto, anestesiado, fora de nossa experiência direta. Só podemos "ver" a maldade do outro se ela ecoa na nossa. Só assim podemos reconhecê-la. Mas se adormecemos algumas partes de nosso ser, elas deixam de ecoar no mundo "externo" e nosso conhecimento do mundo como um todo se empobrece na mesma medida. Quanto menos estamos em contato com nós mesmos, mais estreito fica o mundo em que vivemos e mais nos inquietam os acontecimentos e os seres humanos: ameaçam nos despertar, indicam nossas partes mortas. E não há nada que detestemos mais do que isso.

Quanto mais lúcidos somos de nós mesmos, mais aguda fica a nossa inteligência do mundo.

Quando você para de duvidar do que sente, rompe com as aparências. Escute-se. Conheça-se.

O autoconhecimento é o órgão do conhecimento do mundo e *vice-versa*.

Somos a zona sensível pela qual o mundo entra em contato consigo mesmo.

* * *

Precisamos descobrir as leis que regem a vida da alma e os reflexos que devemos adquirir na existência não dual: leis e reflexos que não se ensinam e que nada têm a ver com as coisas, as pessoas, as causas, os efeitos, o tempo e o espaço.

* * *

Só experimentamos o mundo (da vida) na sua totalidade se experimentamos o si (da vida) na sua totalidade. O conhecimento de si, da vida e do mundo são o mesmo e único conhecimento.

Você se evade no automatismo dos pensamentos e das associações mentais, na ocupação, na ação, no trabalho, nas paixões, no divertimento, na urgência... Mas, na verdade, você só tem uma urgência, a de se conhecer.

Impossível nos conhecermos se nos horrorizamos com nossa própria natureza. Mas podemos optar: ou nos voltamos para o nosso interior ou fugimos de nós mesmos. Só podemos nos aceitar em todas as nossas dimensões se decidirmos ser o nosso próprio amigo.

Para se conhecer é preciso se amar. Digo se amar e não admirar o ego que edificamos. Amar a nossa natureza profunda e insondável. Amar-se eqüivale exatamente a conhecer-se.

Impossível conhecer (amar) o mundo se não nos conhecemos (amamos).

Deus é a igualdade infinita capaz de confundir o amor-conhecimento de si com o amor-conhecimento do mundo.

* * *

Tudo o que acontece em seu mundo reflete o diálogo que você trava consigo mesmo. Tudo nasce no espírito.

Se quer encontrar o mundo, entre em contato consigo mesmo.

Deixar de fugir de si, ficar vulnerável, estar com o coração presente: umas das tantas maneiras de se conhecer e de se fundir com o mundo.

Quanto mais nos aproximamos do fogo que arde em nosso coração, melhor é a qualidade de nosso encontro com os seres.

Quanto mais vulneráveis, hipersensíveis ficamos, mais conseguimos diminuir o sofrimento no mundo.

Parar o sofrimento em si e no mundo é exatamente a mesma coisa.

Você é responsável por sua alma, você é responsável por seu mundo: não deixe que o sofrimento se apodere deles.

* * *

Para poder ver perfeitamente o que tem atrás do vidro, melhor não colocar filtros, não construir grades ou barras, nem deixar as marcas dos dedos. Mais vale tirar a grade, lavar o vidro para que fique o mais transparente possível, até que, por fim, você decida tirar o vidro de vez e entrar em contato... consigo? com o mundo? Com...

Quanto mais transparentes somos para nós mesmos, mais transparente é o mundo. Quando nos conhecemos plenamente, tudo fica transparente.

o livro das brasas

Era um dia de inverno num templo nas montanhas quando um velho mestre zen se dirigiu a seu discípulo: 'Estou com muito frio. Reanime o fogo, por favor'. O discípulo observou: 'O fogo está morto, não sobrou uma brasa sequer. Só há cinzas na lareira'. O mestre se aproximou, removeu as cinzas com os dedos e, lá no fundo, encontrou uma pequena brasa vermelha. 'Olhe só, ainda tem um restinho de luz.' Assoprou-a e a chama reavivou com toda força. Então, o discípulo recebeu o satori[1].

Taisen Deshimaru

---

1) Satori — *Zen*. Iluminação repentina. (N.T.)

a conversão

Vocês já extraíram os dentes do siso? Lembram o que sentiram quando *a anestesia acabou*? Eis o que pode lhes acontecer, mas numa escala muito mais ampla, no dia em que vocês decidirem se engajar no caminho espiritual. Pois, em primeiro lugar, o que está em jogo nesse caminho é sentir as emoções aqui e agora. Todas as emoções que até então não foram sentidas em plena consciência se materializaram no mundo de vocês, em seus corpos, na rigidez de suas almas. Quando vocês despertarem, a fluidez reencontrada os invadirá com uma violência inaudita. Eis o primeiro choque da "conversão". Quando vocês tiverem se sentido exatamente como são, como vibram e sofrem, só então é que passarão a *existir*, na verdadeira acepção do termo. O ego, sua "identidade", é o que vocês construíram a partir de sua inexistência, de sua anestesia, da cegueira e da surdez às verdadeiras necessidades da alma.

* * *

Somos uma imensa rede de figuras e emoções. Essa rede se prende firmemente em uma bola particularmente rígida de representações, interesses, idéias e julgamentos: nossa auto-imagem. Basta que um acontecimento, uma palavra, um pensamento irrompa para que toda uma cadeia de sentimentos e imagens se ative e desencadeie um dos circuitos pré-fabricados da bola central. Ser senhor de si é observar os caminhos pelos quais as representações e as emoções são acionadas, descobrir os pontos de atração centrais para onde esses caminhos convergem, depois, tanto quanto possível, cavar outros caminhos, aplainar os obstáculos, abrir, por fim, um espaço homogêneo, livre, sem itinerários obrigatórios. Precisamos suavizar, desatar, dissolver a massa rígida de representações e emoções soldadas que sempre nos envolve nos mesmos circuitos e que forma tanto nosso mundo quanto nosso "eu". Essa metamorfose irá provavelmente provocar uma reviravolta completa em nossa vida e na daqueles que nos são próximos. Tal conversão requer uma enorme coragem e perseverança. A capacidade de realizar esse ato heróico não tem necessariamente nenhuma relação com a idade, o sexo, a classe social, o nível de estudo ou qualquer outro aspecto externo. Ela põe em jogo o mais íntimo do ser, sua determinação em se libertar dos mecanismos do sofrimento. A primeira coragem consiste em encarar a verdade das emoções, a verdade da vida.

A decisão de se tornar senhor de si deve ser tomada no ato (nunca é cedo demais) e mantida com coragem, sem enfraquecer, sejam quais forem os obstáculos. Paradoxalmente, a decisão de se tornar senhor de si é deixar de querer dominar o que quer que seja.

* * *

Reconhecemos de bom grado que os acontecimentos de nossa infância, as palavras e os atos de nosso ambiente contribuem amplamente para moldar nosso mundo interno. Num sentido inverso, nosso mundo interno, pelas escolhas que suscita constantemente, acaba produzindo nosso universo externo. Mas essa constituição do que é "de dentro" pelo que é "de fora" e depois do que é "de fora" pelo que é "de dentro" é perfeitamente reversível. A *conversão* acontece por uma ação que vai de "dentro" para "dentro", capaz de interromper o encadeamento fatal das causas e dos efeitos. E esse trabalho de dentro para dentro acaba naturalmente levando seus frutos para fora. Ou antes, a partir de uma certa maturidade da obra íntima, a distinção entre dentro e fora, si e mundo, perde qualquer pertinência.

* * *

Converter-se é voltar-se para a vida da alma. A conversão exige que passemos a nos sentir, que estejamos "presentes", que permaneçamos "aqui". Na perspectiva da existência, só há uma única alma. Voltemo-nos então para a vida dessa alma única e solitária que envolve o mundo em sua luz. Querer o bem significa querer o bem desta alma daqui, para este mundo daqui, nesta vida daqui. Jamais conheceremos outra vida, alma ou mundo que não estes daqui. Abandonemos a agressão, o ódio, o medo e a cobiça que há em nossa própria vida: ela contém o mundo inteiro, o único mundo que *existe*, aquele onde nossa alma é o centro e a periferia. No fim da conversão, a liberdade total coincide com uma solidão total. Quando decidirmos aliviar o sofrimento desta alma, desta vida e deste mundo, estaremos ao mesmo tempo decidindo nos amar de um amor incondicional, puro, imenso, eterno, que envolve o universo em sua ternura.

o capítulo do abismo

isto

Se você quer respostas, coloque-se questões. Mas questões *de verdade*. Sobre *sua* vida.

A verdade da vida está ao alcance de todos. Ainda assim é preciso buscá-la. Olhe ao redor. Quem de fato está nessa busca? Quem realmente se engaja na busca *por si mesmo*? (Não há outra maneira de buscar).

Qual o sentido da vida? Como se houvesse uma vida que não fosse você e um sentido da vida separado da vida! Pare de se perguntar sobre o sentido da vida. Você é a vida! Não há outra vida que não seja você, aqui, agora. Abandone qualquer ilusão de referência externa. Você é tudo. Tudo o que você pode viver é a sua própria vida. Sua liberdade e sua solidão são totais. O sentido da vida é *você* quem constrói a cada segundo.

Qual o sentido da vida? Mas é só você e ninguém mais quem pode responder a essa pergunta todos os dias desde o momento em que passou a respirar neste mundo. Se você segue determinada opinião ou determinada seita, se acredita nessa ou naquela resposta, foi você, e mais ninguém, quem fez essa e não aquela escolha. Mas para além das respostas puramente verbais que uma religião ou uma filosofia lhe fornecem, o verdadeiro sentido da vida está na qualidade de sua existência, a cada segundo. Qualidade que, agora, você precisa examinar honesta e sinceramente: é *isto* realmente o que quer? Saiba que jamais haverá outra coisa senão *isto* e que *isto* está inteiramente em suas mãos.

Qual o sentido da vida? Estar presente! Essa "resposta" tenta despertar o dorminhoco que faz essa pergunta.

a areia

Corremos inevitavelmente em direção à morte, cada um a seu modo, mas todos com a mesma certeza. Aquilo que nos cerca, aquilo a que nos atemos, como nós mesmos, tudo desliza sem volta em direção à dissolução. Tal é a inevitável contrapartida da invenção, da criação, do nascimento.

Nada daquilo a que poderíamos nos agarrar é permanente.

Se você olha a morte de frente, toma consciência de que seu fluxo de experiência é a única coisa que de fato existe. Esse fluxo é tão precioso, tão frágil! E o certo é que a morte lhe porá um ponto final. Você pode morrer a qualquer momento. Seja bom, portanto, fique feliz e em paz *agora*.

Estamos tão perto da morte! E o que *existe* de verdade? Nosso fluxo de experiência, segundo após segundo, em contínua dissolução. Que essa evidência nos ajude a descobrir a ausência de um mundo "objetivo" e o vazio das idéias ou dos conceitos, que são tão-somente qualidades instantâneas, transitórias, de nosso fluxo de experiência. Não devemos nos *bater* por nada.

Todos os castelos são castelos de areia.

a merda

Nada acontece como gostaríamos nem como havíamos previsto. Nasce um mongolóide na família. Morre uma pessoa próxima. Explode uma guerra. Perdemos o emprego, ou tememos perdê-lo. Vemos mendigos na rua, pessoas pobres sem casa para passar a noite. Poderíamos estar no lugar delas. Naufragamos na miséria. Colocamo-nos em sua pele. Ficamos doentes. Estamos infelizes no trabalho ou no amor. Não somos livres. Nossos pais são indignos, temos sempre alguma reprovação a lhes fazer. Nossos filhos nos decepcionam. Estamos cansados, trabalhamos demais. Temos responsabilidades. Não temos tempo para "nós". Nosso companheiro(a) nos abandona. Estamos sozinhos há muito tempo. Vamos ficar velhos, muito velhos. Não realizamos nossos sonhos. Vamos morrer. Na verdade, nada vai muito bem. As soluções só são provisórias. Tudo desmorona e se desfaz, lenta ou brutalmente. Quando as coisas acontecem exatamente como queremos, temos sorte, nada mais, e isso é temporário. Mas sempre temos um motivo de insatisfação. Mesmo quando tudo vai bem, temos medo. Recusamos aceitar que o caos é normal, que ele é a situação de base. Quanto mais nos esforçamos para que as coisas sejam exatamente como gostaríamos que fossem, mais o sofrimento aumenta. Gostaríamos tanto que os acontecimentos se conformassem à ordem que decretamos, às imagens que criamos na cabeça, às palavras que pronunciamos, aos conceitos que fabricamos. Somos crianças mimadas, ditadores. Por que as coisas deveriam acontecer de outro modo? O que é esse sonho de um mundo sem morte, sem doença, sem velhice, sem nascimento, sem acidente, sem desordem, sem invenção, sem novidade, sem desaparecimento, sem surpresa, sem erro, sem sofrimento, onde tudo acontece exatamente conforme desejamos? Não é o mundo real que é insensato e sim nosso desejo. Quando, por fim, nos tornaremos *adultos*?

Os acontecimentos de nossa vida e os acontecimentos do mundo são absurdos, estranhos, desordenados, movidos por paixões, ódios, desejos, conceitos e pensamentos totalmente ilusórios. Abandone qualquer idéia de um universo estável, seguro, "normal", ordenado, que obedeça a uma "razão" qualquer.

A realidade é desagradável, mas é a pura realidade. A verdade fede, mas é a sua verdade. Munidos de nossas idéias, teorias, da busca incessante de nossas satisfações e de nossos cálculos, tentamos nos distrair, sem muito efeito, da enormidade do sofrimento, visível em toda a parte.

Olhe para a merda do mundo. É exatamente a mesma merda que há em você: a besteira, a cobiça, a raiva, a violência, a arrogância, o ciúme, o medo, a autodestruição, a vergonha. Se você se culpa, você é só um covarde. Se acusa os outros, o mundo, o sistema, os estrangeiros, e sei lá o que mais, você é um verdadeiro covarde. Mas se você se recusa a ver a merda, você é o pior dos covardes. A coragem está em ficar na merda. Trabalhar com ela. Aceitá-la tal como é. Ver que é vazia. Sentir no mais íntimo que a merda é um sonho de merda.

O que acontece com os seres humanos não tem aparentemente nenhuma relação com a justiça, o mérito, a retribuição dos atos, ou ao menos com as imagens que deles criamos. Que isso não nos impeça de concluir tudo o que fazemos da melhor maneira possível e em plena consciência. Bom ou mau, o resultado não nos diz respeito.

a medalha de chocolate

Todos nós embarcamos na nau dos loucos à deriva que a tormenta lança contra os arrecifes. Por que, então, se atormentar, invejar, se desprezar, sofrer? Você não vê que um dia irá morrer? Não é capaz de ter um pouco de compaixão por si mesmo? Não percebe que todos, como você, vão morrer um dia? Que todos, como você, são presas de males sem cura? Será que não tem compaixão por eles?

Percebe agora o vazio de todas as distinções de sexo, idade, raça, nacionalidade, classe social, títulos, "inteligência", "beleza", riqueza, religião e tantas outras mais? Nada mais exemplar do que os internos de um manicômio, tomados de raiva, disputando medalhas de chocolate enquanto a embarcação em que estão de quarentena vai naufragando. Os únicos que se distinguem são aqueles que conseguem aliviar o sofrimento dos outros para depois desaparecerem junto com eles. Estes, sim, amam.

As pessoas disputam arduamente para chegar no topo da hierarquia, se desesperam por ficar na base da pirâmide ou se enchem de glória por terem atingido o seu cume. Outras se debatem só para saber qual é a hierarquia das hierarquias. Quem tem a primazia? A celebridade? A riqueza? O poder? O conhecimento? A criatividade? O prazer? A tranqüilidade? A moralidade? A santidade? Se você acha que superar em sabedoria ou em espiritualidade é preferível a superar em dinheiro ou em erudição, ainda não entendeu nada. É preciso compreender que ninguém é superior em nada nem a ninguém. Somos todos iguais e únicos, insubstituíveis e intercambiáveis. Só o amor (o amor por si ou pelos outros é o mesmo amor) alivia o sofrimento, o amor que brilha na esfera infinita do instante.

o cadáver

Cadáver, conhece a ti mesmo!

Vez ou outra, lemos nas crônicas policiais dos jornais casos de executivos de alta "responsabilidade", dirigentes, poderosos, endinheirados, envolvidos em vários negócios ao mesmo tempo, que perdem bruscamente o emprego e, na "confusão" de não serem mais "ninguém", suicidam-se depois de assassinar a mulher e os filhos.

Trata-se de uma metáfora do despertar. Um dia, o ego perde a sua função. Então, antes de se suicidar, ele anula todas as suas posses, seus espelhos e suas obras.

Qual o segredo daqueles que não temem o que possa acontecer no mundo material? A perda de um filho, do companheiro(a), o exílio, o desemprego, uma grave doença, nada parece atingi-los profundamente. A glória e a obscuridade, a riqueza e a pobreza, a perda e o ganho, o prazer e a dor, a censura e o louvor, o erro e a razão, as feridas e a cura, tudo oscila, tudo vem e vai, tudo corre e se dispersa numa fuga incerta, mas os sábios permanecem "contidos em si mesmos". Abandonaram a contabilidade. Estão na eternidade do instante. Não tendo medo de nada, não correm o risco de serem presos, não são manipuláveis. *São* a vida e por isso não têm necessidade de nenhuma confirmação, seja ela externa ou interna. Por não se identificarem com nenhuma situação em particular, sabem que não são nada, que têm tudo e que vivem sós, numa solidão que contém o universo.

Olhe para tudo o que lhe acontece como se já estivesse morto. Que alívio, que leveza!

Você não precisa nem mesmo se suicidar. Contente-se em matar o ego.

* * *

Não perca tempo com tristezas insensatas
Faça festa.
Dê, no caminho da injustiça,
o exemplo da justiça,
Pois o nada é o fim deste mundo,
Imagine que você não existe e seja livre.

Omar Khayyam

* * *

Despertar é viver como se já estivéssemos mortos. Do ponto de vista da morte, que absurdo a preocupação! E que maravilha a vida! Nada tem importância...

Quando dormimos, sonhamos o sonho dos vivos. Quando despertamos, sonhamos o sonho dos mortos.

Você não tem nada a temer, pois já está morto(a).

Você já está morto(a) e ainda não sabe.

o rio

Diante das profundezas, o homem,
Com a fronte pensa, se recolhe.

O que ele vê no fundo do buraco cavernoso?
A noite sob a terra, o Império de sombra.

....

Curvado sobre mim mesmo e encarando meu abismo
— ah, eu! —, eu me arrepio,

Sinto-me cair, me desperto e nada mais quero ver senão a noite.
Victor Segalen

* * *

Desidentifique-se perpetuamente. Você não é nem homem, nem mulher, nem criança, nem velho, nem francês, nem americano, nem representante de qualquer nacionalidade, nem judeu, nem cristão, nem budista, nem boa pessoa, nem membro de determinada categoria, nem quem quer que seja que pareça com isto ou aquilo. Há essa sensação, aquela outra e depois mais outra e você não é nem uma, nem outra, nem a seguinte e nem as que a sucederem. O espaço onde os pensamentos nascem não tem cara. A luz da consciência é impessoal. Volte à terra, ao contato do chão. Onde você está? Você está aí. Quem é você? Você *é* aí. Aí.

Seria um erro acreditar que "somos" aquela pessoa que vemos no espelho, que somos uma imagem, ou mesmo que pudesse haver imagens ou representações de nós mesmos. "Somos", na verdade, nossa experiência, esse fluxo indescritível. Ou antes é nossa experiência que "existe". Só há *o instante* e nada mais.

Somos um turbilhão de sensações, emoções, pensamentos. Somos um processo em constante interrupção, uma diferença para nós mesmos, o movimento de se separar de si e de se retomar, um bilhão de instantes que não chegam a se suceder e nem a coincidir.

Jamais nos banhamos duas vezes no mesmo rio.
Heráclito

* * *

Se só o presente existe, não há substância.

Nada sendo, nada temos a perder. Nada tendo a perder, tudo podemos dar.

a pele ilimitada

Nosso grande erro é achar que somos limitados pela pele. A imagem do espelho, que me oferece uma representação delimitada e unificada de "mim", estimula essa ilusão. Mas uma atenção precisa, prolongada e sem preconceito em nosso fluxo de experiência permite que nos desidentifiquemos dessa imagem. Na verdade, tudo o que "nos" atinge faz parte de "nós". Quando alguém fala, desperta automaticamente, e independente de minha vontade, imagens e emoções em meu espírito. Quem dirige meu espírito? O sol brilha: o calor, a luz e a vida do mundo dependem dele. Se o sol se extinguisse, eu morreria tão instantaneamente quanto se meu coração parasse de bater (Thich Nath Anh escreveu um livro inteiro sobre essa única e sublime idéia). Será que sou o sol? Será que o sol faz parte de mim? Será que sinto minha carne por meio de meu sistema nervoso ou, na verdade, *sou* minha própria carne? Quem recebe as mensagens de meu sistema nervoso central? Será que sinto a luz, as cores, o espaço, a temperatura da casa onde moro ou será que *sou* eu mesmo essa casa? Será que essas questões pedem respostas claras, num sentido ou noutro, ou, na verdade, pretendem apenas desestruturar a ordem da representação induzida pela gramática, pelos conceitos e pelas imagens simples, claras e bem recortadas que nos fazem as vezes de mapa-múndi. Haverá uma experiência que escape a esses conceitos? O que essa experiência descobre? E essa descoberta é passível de conceituação?

O que pensamos não nos pertence. Os pensamentos vão e vêm como bem querem. Nossas sensações não nos pertencem e quase não podemos escolhê-las. O mundo externo não nos pertence e muito menos nos obedece. Não somos nosso corpo. Não temos nenhum espaço privado, nenhum território próprio, nem mesmo nosso ser mais íntimo, nada. Os dois lados da pele, interno e externo, estão, na realidade, voltados para o exterior, pois o interior nada mais é do que um outro exterior. Estamos completamente expostos ao idêntico bordel de dentro e de fora. Somos essa alegre desordem, ou essa desolação, ou esse caos. Não temos nenhum refúgio onde nos abrigar da irritação, do sofrimento constante. Nosso nome nos é estranho. Nosso rosto nos é estranho. Nossa data e lugar de nascimento nos são estranhos. Nosso sexo nos é estranho. Poderíamos ter nascido em outro lugar, em outra época, em outro meio, com outra pele. Nascemos aqui e assim por acaso. Somos estranhos a nós mesmos assim como à nossa vida. Somos qualquer um, lançados em qualquer lugar. Não somos nem mesmo "alguém". Somos uma sensibilidade anônima, uma carne viva exposta a uma rapsódia de estranhamentos. E somos *assim*, todos nós, nada menos e nada mais que isso.

o oceano

O mundo seria formado por um único plano de existência, raiado de vidas. Cada destino exploraria uma linha poligonal desse plano. Ou, antes, contaríamos tantos planos de existência quantas formas de vida, de espécies animais e vegetais. Diríamos então que cada ser sensível produz o próprio plano de existência. Mas será que não há tantos planos de existência quantos instantes de vida ou de sensações elementares? Tudo vem a dar no mesmo, em sua infinita diversidade, porque cada plano, cada ondulação, cada acontecimento de existência implica todos os outros a seu modo: maravilhosa e frágil tapeçaria tecida de ilusão, grande confluência de todas as existências, oceano dos luxos de experiência.

Todo mundo é qualquer um. Não tenho nenhum privilégio em relação a nenhum outro ser sensível.

É certo que só nós existimos, isto é, um imenso fluxo de experiências variadas, um único rio de imagens que mesclam interior e exterior. Mas quanto mais prestamos atenção na vida dos outros (que "outros"?), mais percebemos que só existe um único fluxo de experiência, muito mais vasto e variado do que puderíamos imaginar. Só esse fluxo: nem eu, nem os outros, nem as coisas, nem o mundo. Só essa estranha sucessão paralela de sensações e de pensamentos, esses bilhões de linhas de sensações que se envolvem, se mesclam e convergem para o instante.

* * *

Os acontecimentos surgem continuamente num espaço impessoal. Rodamoinhos agitam a corrente infinita da existência. As intensidades, as cores e as formas são umas das tantas modulações da luz.

Os indivíduos são conceitos que aplicamos em um oceano impessoal de afetos e qualidades sensíveis que nascem e morrem a cada segundo.

Os fenômenos são ondas no lago profundo do espírito original. Reconheça o lago em cada uma de suas ondas.

Identifique-se mais com o fundo do que com as figuras transitórias.

* * *

Quando contemplo teu rosto
Sou o teu rosto
As flores de tua beleza
Me importam mais do que as imagens
Que caem de meu corpo
Como folhas mortas
Quando estou contigo
Sou teus olhos e tua voz

Tu vês o meu rosto
Mais vezes do que o teu próprio rosto
Teu coração está nos meus lábios
Tanto quanto no teu peito
No silêncio de tua alma
Ressoam tanto minha voz
Quanto a tua
Nossas almas mescladas
Quando te amo é a mim mesmo que estou amando
E tu também
Jamais te encontrarei
Pois sou pleno de ti
E tu de mim
No amor do vazio

Tharpa Mewo

não penso, logo não existo

Embora o pensamento exista e tenha efeito, ele não representa a realidade. Poderíamos compará-lo à música instrumental. Ela tem um tempo, uma melodia, uma emoção associada, encadeia tensões e desfechos, cria uma atmosfera, mas *não tem um referente*. A música não é nem verdadeira nem falsa. E no entanto, ela cria um mundo. É preciso entender que o pensamento é uma espécie particular de música interior que nos *faz crer* na existência de um referente, de um mundo exterior diferente dela e do qual ela estaria falando. Mas o fato é que só a música da alma e o mundo que dela emana existem, aqui, agora.

O que é uma emoção? Uma mistura de pensamentos discursivos, de imagens mentais e sensações proprioceptivas. E as sensações físicas associadas à emoção ainda são imagens, signos: um certo motivo de impressões corporais, uma textura energética. Observe com atenção todos os detalhes dessas imagens, seus movimentos, suas transformações, seu desaparecimento.

Sensações, emoções e pensamentos vibram cada um com sua própria energia. Para o ser atento, a vida é como uma expedição numa paisagem de energias infinitamente variadas.

* * *

Um pensamento não representa a realidade, é um acontecimento mental. A emoção é a qualidade energética desse acontecimento. Só sofremos porque em vez de ver o pensamento tal como é, acreditamos que é "verdadeiro". Só sofremos porque em vez de sentir o espaço onde surgem e desaparecem os pensamentos, fazemos um encadeamento sem fim de outros tantos pensamentos.

Quando prestamos uma atenção geral no espaço, a queda da consciência em um pensamento é um pequeno desabamento do ser, um buraco negro do espírito. Deixemo-nos levar pelo turbilhão. Se não endurecermos nem nos debatermos, o turbilhão bem rápido nos rejeitará e voltaremos para o espaço aberto.

Os pensamentos são como turbilhões móveis, evanescentes, no espaço infinito da consciência luminosa. Em vez de se prender na armadilha desses turbilhões, amplie sua atenção para a vastidão de ouro liquefeito.

* * *

Somos constantemente visitados por pensamentos, emoções, conceitos que não são *nossos* pensamentos, *nossas* emoções, *nossos* conceitos, mas palavras, sentimentos e idéias impessoais. Se esses visitantes não são nossos, tampouco são estrangeiros, intrusos ou inimigos, pelo menos não mais do que o choro de uma criança na rua, a palmeira no jardim, o céu cor-de-rosa, o murmúrio do mar ao longe. Não somos nada disso, e, no entanto, tudo isso participa de nossa vida. O essencial é compreender que todos esses visitantes estão de passagem.

Pensamentos e emoções nos atravessam como vôos de pássaros

rasgando o céu. Somos esses pássaros chilreando. Mas também somos os olhos e o céu que os vêem passar. Os pássaros desfilam. Não reajamos aos pios dos primeiros que passam, sobretudo quando eles emitem pios de ódio, cobiça, orgulho, inveja, medo, culpa, vergonha... Contentemo-nos em vê-los passar. É verdade que eles gritam, mas seria um grave erro acreditar que eles gritam a verdade.

Se você ama, ou se condena, ou se despreza, ou se teme seus pensamentos e emoções, é porque você se identifica com eles. Mas eles não são pensamentos de ninguém. Reconheça-os, acolha-os, escute-os, seja polido e respeitoso com eles e depois diga: "Sei que sois como sonhos, não vos reprovo mas tampouco me apego a vós. Vós apareceis e desapareceis. Eu vos saúdo". E retorne ao instante presente.

Se não os seguimos, nem os julgamos, nossos pensamentos são como as plantas que encontramos ao acaso num passeio sem ponto de chegada. Não temos por que adotá-los: são pensamentos de qualquer pessoa, pensamentos autônomos, automáticos. O julgamento que por ventura faríamos dos nossos pensamentos só seria mais um pensamento, no qual não teríamos por que acreditar.

* * *

Escute atentamente a voz dos pensamentos: não é a sua voz. Cada pensamento tem uma voz própria. Perscrute o fundo de silêncio e de obscuridade de onde brotam os pensamentos: ele é absolutamente impessoal. O que é aquela câmara escura onde ressoam as vozes incansáveis dos pensamentos? Onde estão as paredes? Onde está o chão? Onde estão o futuro e o passado? Quem é você?

Nós nunca pensamos. Os pensamentos é que são pensados em nós. Somos o espaço habitado por uma multidão instável e matizada de sensações e pensamentos. Não penso, logo não existo.

Sofrimentos sem sofredor, atos sem ator: eventos sem substância.

Nossos pensamentos não têm dono: são somente uma corrente

de ilusões, um motivo onírico impessoal. Cada pensamento tem seu próprio pensador.

* * *

Mas, então, quem desperta de nossos pensamentos? Nós. Quem, nós? A luz por toda a parte derramada.

* * *

A forte torrente não arrebatou a lua.

Koan Zen

o capítulo da solidão

atrás do espelho sem aço

Somos sós. Sós com Deus, sós com o mistério do ser, sós com nossa consciência. Somos o instante único, essa janela aberta para o todo e a eternidade.

* * *

Um de nossos erros é querer acumular. Acumulamos conhecimentos, experiências, méritos, rancores. A culpa é uma maneira a mais de acumular erros. Nossa dificuldade é conseguir relaxar e nos abrir para o que existe de fato, o instante presente.

Quando meditamos, descobrimos que nossos pensamentos não têm nenhuma testemunha e que somos absolutamente sós. Ninguém registra as contas de nossa vida, ninguém nos julga. No entanto, estamos sempre criando e recriando uma testemunha, um arquivista, um juiz, um demônio como receptores de nosso discurso mental. E eles o anotam impassíveis.

* * *

Pensamos com freqüência na presença de alguém que julga, avalia, acumula. Bem e mal, erro e mérito, prazer e dor, vitória e derrota são objeto de uma contabilidade detalhada. Atrás do espelho da consciência funcionam as engrenagens de uma administração complicada que não extravia um documento sequer e para a qual estamos sempre prestando contas.

Quem está nos olhando atrás do espelho sem aço? Quem está registrando tudo? Sem perder muito tempo nos perguntando sobre a identidade dessa pessoa, entregamos a ela num pequeno guichê todos os nossos tesouros. E os tesouros são guardados em cofres invioláveis. Mas também entregamos nossos lixos, restos, falhas, fracassos, infâmias, ferimentos. E todas as dores, todo o avesso de nossas vidas é então pesado minuciosamente, preciosamente conservado nas salas blindadas da grande burocracia do ego.

Estamos sempre nos justificando diante do espelho do pensamento. Tentamos despertar a piedade do juiz que está atrás do espelho e cuja imagem alternamos com a de nossos pais, nossos próximos, pessoas que admiramos, referências, rivais, nossos filhos, Deus, nós mesmos, um destinatário anônimo... Tentamos comovê-lo, desafiamo-lo, tentamos ludibriá-lo, sem muita esperança, sabendo que tudo será anotado, registrado...

Um dia decidimos quebrar o espelho sem aço para descobrir o verdadeiro rosto do infatigável arquivista: ninguém. Nem uma alma viva sequer, nem dossiês, nem cofres, nem burocracia, nada, absolutamente nada, o vazio. Ninguém nunca esteve atrás do guichê. Ninguém anotando, ninguém julgando. Tudo o que transmitimos se foi, tanto o bem quanto o mal. O que vimos foi apenas nosso fugitivo reflexo no espelho sem aço e mais nada atrás. Ficamos livres.

Somos sós, sós, tão sós que não estamos nem com nós mesmos. O espelho se quebrou.

* * *

O julgamento se sustenta na acumulação. De fato, como julgar sem uma *matéria* para pesar, contar, avaliar? E o julgamento também supõe a presença de um juiz... *alguém* que administre toda essa matéria, registre as contas, guarde os tesouros e os lixos. Mas se não há ninguém para julgar e nenhum material acumulado para pesar, o julgamento perde sentido. Na verdade, ele nunca teve lugar e jamais o terá.

Para alguns, trata-se do bem e do mal; para outros, o essencial é ganhar ou perder; para outros ainda, o que conta é a felicidade e o infortúnio... Cada um com seu estilo de apreender ou acumular o material, cada um com seus critérios para julgar. Mas sob todas essas variantes, dissimula-se uma armadilha idêntica, a mesma ilusão do acumulador, do acumulado e do julgamento.

"Tudo o que pensais, dizeis ou fazeis poderá ser retido contra vós". Tal é a palavra do diabo. Quem sois "*vós*"? *Quem* retém? Deus, ao contrário, estranho ao julgamento, em sua generosidade infinita, nos dá o dom do instante e da liberdade.

Atrás do espelho sem aço da consciência, diante de quem estamos sempre falando, não há ninguém.

* * *

Você é só, tão só que não tem nem a si mesmo, nem a outra pessoa com quem falar. Seus pensamentos fundem o vazio em direção ao nada. Suas palavras não atingem ninguém. Seus atos não têm nenhum efeito. Gostos, texturas, imagens, sensações explodem na experiência sem deixar rastros. Você é a grande solidão original. A passagem sem volta da solidão em direção à extinção. Então para quem você quer demonstrar o que quer que seja? Para quem você constrói seus cenários? Para quem você brande suas imagens e seus slogans? Para que público ausente você declama suas rogatórias minuciosamente argumentadas, suas defesas inflamadas? Todos os ecos, todos os reflexos do mundo são marcas evanescentes da solidão em fuga.

Tudo que se pensa, diz e faz *perde-se pura e simplesmente*.

Só quando nos damos conta realmente da perda, da pura perda em que todos os nossos atos se consumam, é que vivemos plenamente.

* * *

Ninguém estava atrás do espelho registrando o bem e o mal... Mas tudo o que você sofreu para alimentar as contas do arquivista, todas as caretas a que você se sujeitou para cooptá-lo, tudo isso ficou gravado em seu rosto, o verdadeiro rosto que agora o encara no espelho de sua consciência.

a solidão essencial

Você é absolutamente só no mundo que construiu e que continua a construir: é a *sua vida*. Um passo a mais e o que verá não é senão o instante presente.

* * *

Você passa a vida toda invadido pelos próprios pensamentos que não param de irromper das profundezas de seu espírito. Jamais pensará outra coisa que não seja o seu próprio pensamento. Jamais sentirá outra coisa que não seja o seu próprio sentimento. Sempre e somente experimentará sua própria experiência. E são esses pensamentos, essas sensações, essa existência, essa solidão absoluta que você precisa conquistar para atingir o âmago de silêncio e de beatitude do coração universal.

* * *

Nenhum pensamento, nenhuma percepção "representa" o que quer que seja. *Somos* o pensamento, a percepção. E só existe um mundo: esse pensamento, essa percepção.

Não há outro mundo senão o si. Quando entramos em contato com uma entidade qualquer, ela passa a assumir nossa identidade. Na verdade, ela sempre esteve em nosso lugar. Sempre estivemos em nós mesmos. E o mundo sempre esteve em nós na forma de idéias, sensações, emoções, lembranças, etc. Não há exterior que se possa atingir, tampouco interior. Impossível sair de si, evadir-se do sonho da existência.

* * *

Impossível ter acesso à existência *interior* dos outros. Sua vida só pode ser comparada a ela mesma. Só quando ela tiver vivido a experiência dessa solidão absoluta, você será livre, pois só então terá compreendido que é você que cria o próprio mundo.

Você só tem uma referência: a própria vida, a própria experiência, da qual não pode escapar. Na realidade, você não tem nenhum modelo externo, não conhece *a boa* ou *a verdadeira* maneira de viver (de uma bondade ou verdade *transcendente*), já que todo bem e toda verdade que você pudesse vislumbrar seria forçosamente o *seu* bem ou a *sua* verdade, tais como aparecem em *sua* vida. Você inventa *sua* vida, fazendo-a e dispondo dela como *seu* único modelo. Tudo o que você sabe está revestido de suas interpretações, iluminado de suas idéias conscientes ou inconscientes, sob a perspectiva de sua experiência pessoal. Sua vida é um autodesenvolvimento. Você não pode acusar ninguém de seu destino porque é você que escolhe o que nele acontece. Poderia ter pensado, falado, agido de modo diferente, obedecido a outros mestres, a outras razões. Mas você fez o que pôde fazer sem outra referência que não fosse a evidência do próprio desejo. Sua vida e seu mundo são produzidos em seu interior, sem nenhum ponto de apoio externo ou objetivo. Cada vida é única e incomparável. Do ponto de vista de quem vive (o único que aqui nos interessa), cada vida é *única*.

* * *

Imagine nunca ter provado a comida de outra pessoa. Só você e ninguém mais pode cozinhar; só você e nenhuma outra pessoa pode provar a sua comida. Você está livre para explorar novos sabores ou se contentar com alguns pratos de que já gosta. Ninguém jamais poderá lhe dizer com certeza se você cozinha "bem" ou "mal". Você está só com sua experiência, só com o seu gosto. Não deve, e aliás nem pode, aceitar nenhuma autoridade externa, nenhum julgamento externo porque é só sua vida que existe, é você quem a vive, quem a faz e a prova, e ninguém mais. Sua liberdade e responsabilidade são totais.

O que mais importa é a qualidade do fluxo de sua experiência, porque *você* só tem esse fluxo e *não existe nada mais* senão você. É a sua vida, e você só tem uma. Na verdade, só há uma: esta daqui. Você, o mundo, ou Deus, é só esse fluxo instável de sensações, pensamentos, emoções e imagens. Nenhuma autoridade, nenhuma referência externa poderá lhe dizer o que você está sentindo, aqui e agora. E é só isso que conta, pois é a única coisa real.

O problema não está em buscar saber o que é o bem e o mal *em geral*. O que importa, porém, é saber *o que você sente*, no instante, porque só há você e mais ninguém para viver esta vida daqui. O mal é aquilo que provoca o *seu* sofrimento porque a única realidade do mundo é a sua vida, o fluxo de sua experiência, em cada segundo.

Volte-se, portanto, para a vida da alma e não para os jogos ilusórios do intelecto, pois só a alma sente o sofrimento e o mal nada mais é do que o mecanismo que o produz. O mal só expande seu império porque você foge da sensibilidade no instante, da vulnerabilidade literalmente *animal*.

* * *

Cada vez que você aceita uma autoridade externa, naufraga na hipocrisia pois é sempre você quem escolhe essa autoridade. A escolha, ou antes a criação de uma autoridade, significa que você quis renunciar à sua atenção, à sua sensibilidade, à sua responsabilidade e à sua liberdade. A submissão cega a qualquer autoridade equivale à decisão de não viver a própria vida.

Você pode sempre escolher entre a luz da atenção, da presença, da sensibilidade, da responsabilidade e da liberdade e as trevas da desatenção, da insensibilidade, da ausência, da acusação e do círculo infernal dos pensamentos.

Em todas as circunstâncias da vida você está absolutamente só consigo mesmo. É você e ninguém mais quem cria o próprio universo. Que vida você quer viver?

* * *

Há duas maneiras de buscar a solidão. A primeira é fugir da conversa fiada e da distração e encarar a própria alma. Busca-se assim um retiro em um ermitério ou em um mosteiro. Mas há uma forma ainda mais meritória e difícil: manter a consciência constantemente aguçada para o fato de que cada acontecimento, encontro, ser, cada palavra ouvida ou proferida reflete o rosto infinito da alma no espelho de nossa solidão essencial.

A verdadeira solidão não tem remédio. Ela já *é* o remédio.

Se realizamos a idéia de que somos verdadeiramente sós, todo o discurso interior de justificação e acusação cai por terra. Ao atingir o centro solitário da vida, alcançamos ao mesmo tempo uma bem-aventurada zona de silêncio.

Qualquer situação, obstáculo ou inimigo que você encontre não é outra coisa senão você mesmo. Ver claramente as situações e as pessoas é mergulhar o olhar em nosso ser mais profundo. A espada da inteligência discriminante é sempre de dois gumes. Sua visão panorâmica descobre o mesmo tecido, as mesmas cores difusas, a mesma vibração no universo interior e nos fenômenos exteriores. Si e mundo formam os dois hemisférios de um mesmo cosmo, de uma única existência, iluminada a partir de um centro único por uma luz única. A luz que a morte jamais apagará.

paz na solidão

Estamos abertos para conhecer e aprender com outras pessoas. Compreendemos que eu e o outro somos absolutamente substituíveis. Sentimos o sofrimento de nossos semelhantes e queremos aliviá-los.

Quanto mais profundamente entramos em contato com os outros, mais ficamos sós. Melhor é a percepção de que somos uma solidão que irradia um mundo e mais nos fundimos com o espírito, os sofrimentos e as alegrias da humanidade.

Somos absolutamente sós. Mas somos herdeiros das linhagens de nossos pais, professores, inspiradores, mestres, de todos aqueles que construíram, de todas aquelas pessoas que transformam o mundo que nos cerca, de tal modo que o espírito da humanidade passada e presente converge para nossa experiência.

Afirmar que "Só o si existe" não significa afirmar que os outros inexistem. Significa sim dizer que o outro existe em si. Nossa vida, única, sensível e frágil, compreende todos os seres. O fluxo de experiência envolve tudo aquilo que toca, tudo o que nele emerge.

Quanto mais "tocados" somos pelos seres, mais sua substância se mescla à nossa.

Na verdade, tudo se toca e se implica reciprocamente.

O Uno não exclui o outro, mas revela a insensatez da separação.

* * *

De que modo contribuímos para definir o ser humano? Diz o bom senso estatístico que com nosso comportamento e nossas escolhas acrescentamos o minúsculo peso de nosso grão pessoal ao maiúsculo peso da areia na praia. Clama a verdade da existência que o que define o ser humano, a criação de um mundo integral ou mesmo do único mundo real são nossos pensamentos, palavras e atos. Só eles, pois trata-se de nossa vida e jamais conheceremos outra.

Alguns segundos de atenção e o simples bom senso bastam para nos convencer de que só o presente existe. É no instante que se dá a sorte do mundo, do único mundo que realmente existe para nós: nossa alma.

"Em que mundo você vive?" e "Quem é você?" são uma única e mesma pergunta.

Você, Deus, Eu, pergunte-se a cada instante: "Que mundo estou criando?"

* * *

Quem vive a vida da alma, quem não se deixa pegar na armadilha dos pensamentos e conceitos, quem desenvolve a sensibilidade e a atenção para *o instante de existência* que é o único que existe, não sabe mais o que é agredir.

Se você forma com a vida e o mundo um só corpo, aqui e agora, não pode querer um mundo de agressão. Querer um mundo de agressão é desejar *ser* a agressão, isto é, o sofrimento.

O sofrimento é uma guerra de si contra si. Um si que quer viver outra coisa que não o instante de experiência.

Na solidão absoluta, nada nos é estranho. Daí o absurdo de odiar ou agredir.

O ser desperto não abre nenhuma brecha para que a agressividade entre em seu mundo.

Toda agressão é uma agressão de si; toda luta, uma luta de si contra si.

A única causa das guerras e do ódio em geral é a crença equivocada na existência de um outro que se opõe a si.

Uma derrota é uma derrota. Uma vitória é uma derrota. Uma guerra é uma derrota. Tudo se desfaz.

* * *

Todos os sofrimentos do mundo são também o seu sofrimento. Só temos que deter um único sofrimento: *o* sofrimento.

* * *

Para disseminar a paz no mundo, não há outro meio senão ficar em paz consigo. Por quê? Diz a sabedoria universal que se cada um faz as pazes consigo mesmo, a causa das guerras desaparece. Fala a sabedoria interior que uma só vida implica todas as outras. E afirma a sabedoria oculta que não há outra vida, outra experiência senão esta daqui, agora.

Já que nossos pensamentos argumentam nossa vida e já que modelam constantemente a tonalidade emocional do mundo, o único modo de domesticar o mundo é domesticar a si mesmo. Quando percebermos com todas as forças que estamos em relação com um mundo externo, teremos finalmente atingido o auge de nossa solidão.

Cada ser humano que encontro exibe o meu próprio rosto. Estou em toda parte, eu, o mundo ou Deus. Quando sorrio para você, estou sorrindo para mim mesmo e o mundo também sorri. Quando lhe dou um beijo, é um mesmo e único plano de experiência que se beija, curvado sobre si mesmo.

Quando estamos realmente "presentes", somos tudo o que está aí.

retorno ao centro

Não temos domínio, ou o temos com muita imperfeição, do que acontece no mundo "externo". Temos igualmente muito pouco domínio do que diz respeito ao nosso corpo (nascimento, crescimento, doenças, velhice, morte) e do que acontece em nosso espírito (percepções, pensamentos, emoções). Ora, todo esforço de libertação consiste em dominar, tanto quanto possível, o que acontece em nosso mundo, o único mundo real do ponto de vista da existência: nossa vida. O projeto de um "controle total" é evidentemente ilusório. Como então entender o domínio que queremos atingir? Devemos fazer as pazes. Fazer as pazes conosco e com o mundo. Ficar em paz com a ausência de domínio. Estar o máximo possível no centro de nossa vida. Assumir nossa identidade com a existência total: "eu existo o mundo"[1]. Não se trata portanto de assegurar o domínio de um sujeito sobre o que lhe seria "externo" ou sobre um objeto que lhe escapa e, sim, adotar a medida inversa.

* * *

Sou fruto integral das circunstâncias; portanto, eu engendro o mundo. "Sou" composto, em todas as partes de meu ser, da matéria do mundo. E, no entanto, sou inteiramente responsável por minha vida. Meu universo também é uma secreção de minha subjetividade. Si e mundo estão em relação recíproca e se engendram mutuamente. O segredo para tornar-se livre resume-se na seguinte fórmula: a liberdade é diretamente proporcional ao conhecimento de si. Um conhecimento atual, segundo após segundo, em plena consciência, vigilante.

* * *

Tudo o que nos acontece são apenas pensamentos e percepções e todos os nossos pensamentos e percepções futuros são apenas seqüências, embora contingentes, de nossos pensamentos e percepções precedentes. A tal ponto que se eu fosse capaz de considerar com distinção tudo o que me acontece ou aparece neste exato momento, poderia prever tudo o que me acontecerá ou aparecerá para sempre, o que seria inevitável e me aconteceria de qualquer modo se tudo o que está fora de mim fosse destruído, contanto que só restássemos Deus e eu.

Leibniz
Discurso de Metafísica

---

1) Trata-se de uma agramaticidade de que o autor se vale para ilustrar a relação entre "eu", "existência" e "mundo". A forma francesa "J'existe le monde" cria exatamente o mesmo ruído do leitor que espera seja "J'existe *dans* le monde" [Eu existo *no* mundo], seja "*Il* existe le monde" [*Há* / *Existe* o mundo]. Na construção intencionalmente omissa — "Eu existo o mundo" —, o autor põe "eu" e "mundo" em pé de igualdade, eliminando a oposição eu / unidade x mundo / totalidade. O verbo "existir" aqui funciona como verbo de ligação entre duas instâncias: "eu" e "mundo". Toma o lugar do verbo "ser" — "Eu *sou* o mundo" — e chama a atenção para a força unificadora da existência: "Eu *existo* o mundo". (N.T.)

Quando a alma descobre que está só consigo mesma, percebe no mesmo instante que é livre e que pode ser dona do próprio mundo. Percebe também que o domínio de si não se consegue pela força ou por um esforço violento, mas sim pelo repouso na própria substância.

O malvado desconhece a própria solidão. Acha que tem inimigos, rivais, que há objetos desejáveis, que seu si é separado do dos outros, etc. A vítima também não sabe que está só na vida e que o opressor não faz senão lhe mostrar quão ausente ela está de si mesma. Todos se prendem na própria armadilha. Mas o mundo *somos* nós: cabe-nos portanto decidir quem nele reinará: se a paz ou a agressão. As circunstâncias "externas", por mais difíceis que pareçam, são oportunidades que temos para manifestar essa escolha.

Culpado, na verdade, você nunca é, uma vez que a única instância transcendente para nos julgá-lo é aquela que você imagina. Responsável, porém, você sempre é, porque você *é* o mundo e a vida. É certo que você pode sofrer por circunstâncias independentes de sua vontade (que circunstância não o é? você nem mesmo escolheu nascer!). Mas você pode ver nisso uma prova a superar, um desafio a vencer. Encontre uma maneira pessoal de assumir a dor. Dizer que você é livre, que é o autor de sua vida e de seu mundo não significa evidentemente que você possa eliminar o sofrimento num passe de mágica. Significa, sim, que o sofrimento pode ganhar sentido e ser transcendente.

* * *

Tornar-se livre significa jamais deixar-se desalojar do centro da vida, porque somos a vida e nenhuma idéia, nenhum princípio, nenhuma "solução" podem se impor "de fora" sobre nós. Nossa vida, a vida, aqui, agora, é a pergunta e a resposta, o enigma e a revelação a um só tempo.

* * *

Cada pessoa que conhecemos entrega-nos uma mensagem que é nossa. Mas só saberemos decifrar a mensagem se estivermos presentes. E a carta sempre traz a mesma instrução: esteja presente! Quantas cartas indecifráveis desde que nascemos! Achávamos que estávamos abandonados, esquecidos e, no entanto, recebemos toda essa correspondência! Mas ainda é tempo de responder! E para começar vai a pergunta: quem sou eu? Esse eu que você encontrou aqui?

Este livro é uma mensagem que sua alma envia a si mesma.

É você quem escreveu este livro e o está lendo, agora, para ajudar sua alma a se encontrar.

Quem é você?

eu sou o mundo

Do ponto de vista da existência, só há uma realidade: nem sujeito, nem objetos, mas a experiência, aqui e agora.

Os conceitos e os pensamentos só são inadequados quando nos impedem de sentir o instante. Desenvolvamos, então, nossa experiência sensível do fluxo de experiência no presente: o único mundo real. Sentir a si mesmo, deixar-se tocar pelas sensações e emoções é sentir o mundo o mais próximo e justo possível.

Os pensamentos nos fazem acreditar em *algo de objetivo*, exterior, fora do que sentimos. Também buscam espelhar *a identidade daquele que sente* e que seria diferente do que ele realmente sente. Mas o pensamento é apenas uma variedade particular de nosso fluxo de experiência. Os pensamentos, todos diferentes, vão e vêm, se apagam e se sucedem indefinidamente.

Estamos absolutamente sós no centro do universo e tudo o que nos acontece no mundo é uma modulação de nosso próprio espírito. Todos os desejos, conflitos e julgamentos são portanto absurdos. A única proposição verdadeira é a igualdade infinita. O único estado de espírito adequado é a atenção, a ternura e o amor infinitos. Basta deixar o espírito em repouso para descobrir que esse estado sempre esteve presente e disponível.

* * *

A sabedoria costuma ser descrita por meio de figuras topológicas, como secções ou vincos do espaço: estar contido em si mesmo, estar destacado, estar completamente unido aos outros e às situações, realizar a idéia da reciprocidade de todos os seres, etc. Ora, eis o que é estranho: estar destacado, estar contido em si mesmo, tudo conter e se mesclar a tudo; embora essas expressões "espaciais" indiquem figuras bem diferentes, até mesmo contraditórias, elas designam em última instância a mesma realidade, uma realidade inassimilável no espaço físico, uma unidade que não tem nada de matemático.

O homem tem a dimensão do Universo.

* * *

O combate de uma alma pela liberdade é exatamente o mesmo combate que leva o mundo à Redenção.

O mundo material é o segredo da criação. É aqui que entra em jogo a sorte do divino.

O corpo de todo homem ou de toda mulher contém o conjunto dos mundos. Toda alma abraça o inferno e o paraíso.

Não há ponto de partida absoluto: a preocupação de si, a preocupação dos outros e a preocupação de Deus estão indissociavelmente ligadas.

Não há *analogia* entre os atributos de Deus e as faculdades humanas: eles são exatamente os mesmos.

Quando falamos de Deus, estamos falando de nós mesmos.

Quando falamos de nós, estamos falando de Deus.

O caminho do alto e o caminho do baixo são um único e mesmo caminho.

Heráclito

* * *

Nosso espírito age na substância fluida de nosso próprio espírito. Nossa vida se move e se fecha em si mesma. Quando sentimos de modo adequado, quando estamos efetivamente presentes, quando aderimos integralmente à nossa experiência, a ação já não apresenta mais nenhum problema porque não há mais ator nem objeto.

O que é o mundo? Sua alma se desdobrando, se desenrolando, se explorando.

O instante, você, o mundo e Deus são uma única e idêntica realidade. Todo o resto é ilusão. "Você" existe, ou mesmo "isto" existe, ainda é dizer demais. Só há o verbo gigantesco, sem sujeito nem objeto, cuja vibração e luz saturam o universo: EXISTE.

Toda existência jorra do centro de seu coração.

* * *

O Sentido, Deus, a sabedoria suprema, toda complexidade psicológica, mitológica e teológica estão nos recônditos da alma. Onde mais poderiam estar se é só isso o que existe? Sua vida é a história sagrada, o Mito primordial, o Destino do mundo e cada um de seus segundos é um microcosmo onde tudo se reflete.

O mito soberano, aquele que tem o sentido maior, é a história de sua própria vida.

* * *

Se o que há é só sua vida, então é nela e em nenhum outro lugar que está o infinito.

Se só há nossa vida, se nossa vida contém o todo no instante, se não há outro todo senão nossa própria vida, cada detalhe da existência passa a ser significante, sagrado. Então, os signos, um destino, um sentido acompanham a alma em direção a si mesma, a alma que caminha para sua dimensão de infinito.

Você é responsável pela existência, por esta única existência! Conecte-se então com sua vida, com sua alma. Fique atento e sensível até se perder na beatitude da existência.

o capítulo da luz

o Éden

Não há nada a querer, nada a fazer. O mundo já foi criado por Deus. Nosso único dever é receber os inúmeros dons que nos são dados a cada segundo: a visão, a audição, a riqueza dos sentimentos, a profundeza e a luminosidade dos seres.

Deus é a razão de toda alegria no mundo. Cada vez que a beleza emerge, Deus se manifesta no mundo. É muito fácil encontrar Deus. Ele está no mais íntimo da alegria de existir, de respirar, de sentir.

Quando meditamos, deixamos de agir. Deixamos igualmente de nos mover pela irritação e pelo sentimento de falta que vemos chegar e se dissolver. Basta abandonar a agitação para nos dar conta de que podemos deixar o mundo ser tal como é, que podemos gozar da simples existência sempre presente, sempre disponível.

O Sabat tem a mesma significação. Durante essa meditação semanal, é proibido trabalhar. É proibido criar. É o momento de gozar de uma criação contínua que não exige nenhum esforço. É o momento de entrar na dança cósmica.

Assim como o Jardim do Éden, o Nirvana não pode ser nem produzido nem construído. Nosso dever é parar de desejar, agir, manipular, fabricar, calcular e nos contentar em observar o mundo, nós mesmos, nosso corpo, nossas emoções, o livre jogo do intelecto.

* * *

A Árvore do conhecimento do bem e do mal designa a virtualidade permanente da queda na dualidade, no julgamento, na vergonha, no conflito de si contra si, na dor, no trabalho.

No Jardim do Éden, ainda não se "pensa", simplesmente não se pensa. Adão e Eva colhem os frutos de todas as árvores. Tudo o que lhes acontece é um dom de Deus. Mesmo o sofrimento é interessante. Eles desfrutam consigo mesmos e um com o outro. Gozam integralmente do instante, da luz do primeiro momento, já que *sempre* é o primeiro momento, antes de o tempo começar a correr...

Retornar ao Jardim é voltar antes do tempo, antes da dualidade, suspender o julgamento, abandonar a crítica, não fazer nem trabalhar. Contentemo-nos em dançar, agir por contemplação sem nos preocupar com o fruto do ato, sem nos preocupar com a maçã. Fiquemos em repouso.

* * *

Quando Adão mordeu a maçã, Deus lhe perguntou: "Onde está você?". A voz de Adão ressoa no espírito de Deus que parte em exílio: "Onde está você?". A voz impessoal assinala a Deus, ao Homem, que Ele, virtualmente, já não está mais no Jardim do Éden, no Jardim de Epicuro, no Nirvana. Não está mais lá, no presente eterno, em oração perpétua, em meditação constante. Passou para o julgamento, para a comparação, a crítica, a autocrítica, a vergonha, o medo... Tinha tudo. Mas depois que comeu a maçã, morre de sede.

Essa história se repete em cada um de nós, a cada minuto de nossa vida. Uma parte minha me estende a maçã, a parte da tentação de falhar, a parte da necessidade, da sede insaciável. Eu a mordo. Tenho vergonha, me cubro, me divido em aparência e realidade, em você e eu, em bem e mal. "Onde está você?". Fujo do Jardim. Do Jardim que sou eu.

* * *

O anjo com a espada de fogo que guarda a porta do Éden nos mostra que o Jardim ainda está aí, que está sempre *aí*, exatamente *aí*. Que é inacessível àqueles que são prisioneiros da seriedade da vida, do julgamento, do trabalho, do conhecimento do bem e do mal. Que é inacessível àqueles que não estão "presentes".

Quando retornamos à condição de recém-nascidos, quando voltamos ao instante de repouso e de paz que segue a criação, passamos a morar no Jardim, no Sabat da vida em que cada segundo é sagrado. Ficamos perto de Deus. Saímos do tempo. Deixamos de querer e recebemos uma onda infinita de generosidade sem contrapartida.

A expulsão do Jardim não é uma punição pela desobediência, mas o resultado automático de nosso próprio julgamento. A saída do Éden não é senão a outra face da dualidade, da falta, da acusação, da culpa. Abandonamos o Jardim porque queremos sofrer e trabalhar. Saímos do Jardim simplesmente porque saímos. "Onde está você?"

* * *

Observe mais uma vez a serpente: ela se enrola em torno da árvore do bem e do mal, em torno da dualidade.

Escute atentamente a serpente: "Vós sereis como os deuses". Ela sugere que a divindade julga e cria. Sussurra em nossos ouvidos: "Vós também podeis julgar, como seres divinos. Vós também podeis calcular, manipular, fabricar, trabalhar, criar como os deuses". Mas Deus não é assim. Deus está constantemente nos convidando a se juntar a ele, a entrar na dança da inocência.

A serpente nos promete que poderemos criar e julgar. Promete-nos o poder. A serpente nos promete "mais". Ela *promete*. Joga com nossa esperança de obter algo e com nosso medo de sentir falta de algo. A serpente nos faz esquecer que já temos tudo.

A serpente nos faz imaginar um Deus todo-poderoso quando, na verdade, Deus é o Dom da alegria, da alegria de existir mesmo na dor.

O Homem não tem senão duas escolhas de relação com Deus. Ou ser "como Deus", em uma relação estabelecida sob o signo da comparação, na qual Deus se torna ídolo, signo de poder, sem jamais desfrutar do poder, pois o poder só pode ser signo, idéia de poder, máscara aterradora, e jamais fruição. Ou então estar "com Deus", alegre, nu, acolhedor, colhendo todos os frutos do Éden.

* * *

Se o mal existe, é preciso evitá-lo. Porque então o mal também está em nós. E se está em nós, precisamos fugir, mentir, nos travestir, nos esconder, mudar o mundo, trabalhar, sofrer.

Se o bem existe, é preciso buscá-lo, agarrá-lo, produzi-lo, conservá-lo, trabalhar, sofrer.

Se o bem e o mal existem, somos expulsos do Paraíso. E o drama se repete constantemente. A serpente, a Árvore, Deus, Adão, Eva e o Jardim são umas das tantas figuras do mesmo espírito, de nosso próprio espírito, aqui, agora.

"Onde está você?" Estou *aí* e tudo está *aí*. Só estou "aí". A partir do momento em que quero ser outra coisa que não "aí", quando quero ser, ter, quando busco um poder, sou expulso do Jardim. Paro de estar aí. Distinguir o bem do mal e sair do Jardim são um único e mesmo ato. Uma única e mesma Queda.

* * *

Sempre estivemos no Jardim. Jamais fomos expulsos dele.

onde você está?

Um cavaleiro misterioso passou, uma nuvem de poeira se levantou.
Ele partiu, mas a nuvem de poeira ficou.
Olha bem diante de ti, nem à esquerda nem à direita:
A poeira continua aqui: o homem está na morada da eternidade
                                                    Rûmi.[1]

* * *

Onde você está?

Onde estamos? Estamos sempre em nós mesmos. Estamos sempre em nossa experiência, exatamente no mesmo lugar, sempre no mesmo lugar. Não somos nem nosso corpo, nem estamos em nosso corpo. O corpo designa simplesmente uma zona privilegiada de nossa experiência, de nosso mundo.

Você tem a impressão de que "não está em seu lugar". Como se houvesse um espaço dividido em células e pessoas que dispuséssemos nessas células! Bastaria então que encontrássemos nosso lugar. Ou então constataríamos com tristeza que não há lugar para nós. Mas não se trata disso em absoluto. "Você não está em seu lugar" significa na verdade que "você não está no lugar de Si", isto é, *você não está em si mesmo*, não está encarnado, não está presente.

Meditamos para nos treinarmos a estar presentes.

Na meditação, você fica sentado, imóvel, e o mundo gira ao seu redor como ao redor de um centro. Após a meditação, você ainda está em si, no centro de tudo, e o mundo continua a gravitar em torno desse centro. Tudo o que o rodeia pertence à sua experiência, todas as pessoas e todos os fenômenos estão em você. Você está em seu lugar: no lugar *daquele que é.*

Você jamais se mexe, você é imutável. É o mundo que gira ao seu

---

1) Citação traduzida para o francês por Eva de Vitray Meyerovitch, segundo informa o autor em nota. (N.T.)

redor. Você é imutável porque cuida de seu espírito. Quando cuida de seu espírito, o mundo cessa de puxá-lo e empurrá-lo. Começa a girar lentamente ao seu redor. O mundo é o espetáculo maravilhoso que a alma proporciona a si mesma.

* * *

Não importa o que você faça, não importa que você ganhe ou perca, estará sempre em si mesmo.

Não precisa agir porque tudo está em você. Você está imóvel no seio de sua alma. Há sem dúvida uma atividade, mas é o movimento natural da luz na luz.

* * *

Onde você está?

A consciência é absolutamente imóvel. Não está em nenhum lugar no mundo. Pertence somente ao lugar da alma: no presente, o presente perfeitamente imóvel e eterno da luz.

a alma

Deus disse ao homem: 'Onde estás?'

Gênese, X

Onde você está? Você. Aqui. Agora. *Onde* você está? Olhe para si! Quem é você neste segundo? Onde está sua alma? Onde está sua infância? Onde estão as forças de seu ser? Onde estava nos últimos tempos? A que você se resignou? Que parte sua ficou adormecida? Desperte-se!

Abandone todas as teorias, todos os métodos, todas as religiões, todas as idéias: o que está acontecendo em sua vida, aqui, agora? Onde está você? O que está fazendo de sua vida?

Nunca esqueça o bem mais precioso, o único bem: sua alma. Meça a grandeza de sua origem e o autodomínio que ela lhe impõe. Será que você não abandonou a Criança divina? Não se esqueceu da Promessa?

* * *

Não há outro projeto senão o da paz, do amor e da alegria. Todos os outros são fúteis e carecem do essencial, pois a única realidade é a da alma. Não existe nenhum *meio* de realizar esse projeto pois a felicidade se atualiza aqui e agora e ele consiste em estar plenamente presente.

O mundo só existe nas e pelas almas. Tornar o mundo mais belo é alegrar as almas, torná-las mais sensíveis à beleza do mundo, torná-las mais belas, capazes de apreciar sua própria beleza.

Só deveríamos ter uma única preocupação: tornar nossa alma mais bela, capaz de uma alegria e de um amor mais profundos.

Cada vez que fazemos uma alma se odiar, tornamos o mundo mais feio.

* * *

Não deposite sua felicidade nas coisas externas. É tornar a felicidade demasiado frágil e aleatória. Sua alma é a única posse que jamais lhe será roubada, desde seu nascimento até sua morte. É também seu bem mais precioso, uma vez que é a fonte de todas as verdadeiras riquezas, a começar pelo poder de gerar o seu próprio mundo. Por sorte, seu bem mais precioso está inteiramente em seu poder!

O homem feliz é aquele para quem nada é bom ou mau fora de uma alma boa ou má.

Sêneca

Conheça-se enquanto ser que sofre e que ama, enquanto *força*, conheça-se enquanto alma viva e não portador de imagens, posses ou poderes.

Nossa única e verdadeira riqueza é nossa alma luminosa. Não a deixemos apagar, não a abandonemos para correr atrás das sombras mortais que o mundo agita.

Lembre-se: você só tem uma alma, só morrerá uma vez, só tem uma vida que é curta e pela qual você é a única responsável, só tem uma glória que é eterna, e então poderá se desprender de bastantes coisas.
Santa Teresa d'Ávila

Temos dois tesouros: nossa capacidade de emoção e nosso poder de criação. Mas depois de bem refletir, concluímos que, na verdade, só temos um, pois o segundo deriva do primeiro.

Recuse ser um mero mecanismo, um instrumento. Recuse ser parasita, explorado, humilhado. Recuse usar quem quer que seja. Recuse explorar e humilhar. Lembre que você é o coração pulsante da Vida.

Mantenha em qualquer circunstância a consciência vigilante de sua própria dignidade e da dos outros.

Somos todos reis, vocês são todas rainhas.

* * *

Importa-me muito pouco saber se a alma é uma substância ou se ela é imortal. Designo por essa palavra a dimensão essencial de sua existência.

Substitua a palavra "alma" em todo este texto pela exclamação: "Vivo!".

A existência da alma não é uma proclamação de fé, mas uma experiência na qual você pode se exercitar.

Não se trata de admitir a proposição de que você "tem" uma alma, mas sim de desenvolver um novo sentido que lhe permita experimentar que você *é* uma alma. Esse sétimo sentido, que vem de dentro, *sente* que a alma e o mundo são uma única e mesma coisa. Trata-se de um sentido — que podemos exercitar pela presença, pela atenção e pela meditação — e não de uma idéia ou de um conceito. Muito embora um cego possa concebê-lo de modo abstrato, só um vidente pode perceber sua qualidade sensível "vermelha". Do mesmo modo, por mais que você *acredite* na existência da alma, se não tiver desenvolvido por meio do exercício adequado o sentido que permite senti-la, ficará cego para a única realidade que conta.

* * *

As fronteiras da alma, não saberás encontrá-las, teus próprios passos esgotariam todas as rotas, tão profundo é o seu logos.
Heráclito

* * *

Caminhar em direção ao despertar é adquirir, ou reencontrar, um sétimo sentido: a capacidade que a alma tem de sentir a si mesma, uma espécie de qualidade proprioceptiva do espírito. Esse sentido não repertoriado nos manuais de medicina, e que permite à alma sentir do interior de si mesma, também lhe dá força para sentir as outras almas e as relações entre as almas. O inflamento do ego decorre do fato de que a alma, amputada da faculdade de sentir a si mesma, quer se perceber de fora, por meio de imagens que não a representam. Se só temos o ego para nos representar (no lugar de nos sentir), ficamos gravemente deficientes, sofremos terrivelmente e fazemos mal aos outros. O caminho para adquirir o sétimo sentido é a disciplina da presença ou da plena consciência.

Sinta-se como uma chama, uma alma, uma vida, um mundo, o único mundo que realmente existe: o mundo presente.

* * *

O Uno está com todos os seres, sem que estes o saibam. São eles, na verdade, que fogem fora dele, ou antes fora de si mesmos. Não podem portanto apreender aquele de quem fogem e, estando eles próprios perdidos, buscar um outro, exatamente como o filho que, estando fora de si porque perdeu a razão, não é capaz de reconhecer seu pai. Mas aquele que soube se reconhecer, este sim saberá de onde vem.

Plotino
Tratado IX, 7. 5-6

* * *

Caímos em sofrimento porque esquecemos que somos almas.

a conexão entre as almas

Quando nos vemos de verdade, quando nos compreendemos, quando estamos em contato conosco mesmo e quando sentimos nosso coração, deixamos de projetar nos outros as necessidades de nosso ego. Podemos então ver o próximo como uma alma e não mais como conceitos, aparências ou julgamentos. A alma só existe por seus atos e suas afeições, o amor que dá a si mesma, o sofrimento que inflige a si mesma. A alma só existe na relação com o amor e o sofrimento. Navega entre dois estados: a ausência de si mesma e a *conexão*.

* * *

Pode ser muito doloroso contatar a alma, mas quando o fazemos, toda a paisagem muda ao nosso redor: o cenário dos conceitos se esvai e nos pomos a sentir almas.

Enquanto não estivermos em contato com o coração, com a alma, não faremos senão aumentar a confusão e alimentar o mal.

Ou bem vivemos na prisão das imagens, ou bem somos uma alma que se conecta com outras almas.

O bem reside na paz da alma consigo mesma e com as outras almas.

* * *

A única história que conta é a das almas. A tragédia das almas penadas, das almas mortas e dos vampiros. A lenda das almas cegas e daquelas que recuperam a visão. A narrativa das almas que se reconhecem e ajudam umas às outras. A história de seus abatimentos, seus sofrimentos, suas mortes, suas ressurreições, suas forças, suas luzes e de suas conexões.

O único e verdadeiro drama acontece entre as almas: o drama do sofrimento e do amor. O ego se engana de história, busca o poder, o dinheiro, os objetos de desejo, a "felicidade", a imagem, a vitória... em vez de se abrir para o amor e para o sofrimento, tocar o próprio coração e encontrar o dos outros.

Cada alma é uma letra particular e insubstituível do grande hipertexto.

Nada mais agradável para uma alma do que encontrar outra alma e reconhecer na irmã o sabor da fonte de onde emanam todas as almas.

* * *

O espírito é comum a todos.
Heráclito, *fragmento 113*

Para uma alma, libertar-se é tornar-se uma alma consciente, conectar-se consigo mesma, com o que ela é de verdade, desde sempre. Com freqüência, só conseguimos nos libertar no contato com outra alma, uma alma amante, uma alma que nos vê como alma, uma consciência, e não um objeto de julgamento, uma presa, um instrumento ou uma superfície de projeção. Há como que uma chama do amor e da liberdade que se propaga de uma alma para a outra. O que transmitir de diferente?

A família se funda numa profunda união entre a alma do homem e a da mulher. Eles se ajudam mutuamente no caminho espiritual e levam os filhos junto consigo. Se o grupo não se sustenta num acordo entre as almas e num projeto partilhado de transmissão espiritual, então não estamos falando de família, mas sim de uma trágica máquina a propagar o sofrimento. A maioria das "famílias" usurpa esse nome.

Talvez não haja "religiões", mas sim linhagens de transmissão pessoal, de uma alma para outra, da mesma experiência fundamental do divino (ou do humano), da mesma chama.

Só a história da transmissão da luz entre as almas importa, a passagem do amor, como uma tocha.

* * *

A idade não é nada. O sexo não é nada. A nacionalidade não é nada. O partido político não é nada. A riqueza e a pobreza não são nada. Nem a posição social, alta ou baixa, nem os títulos, nem o prestígio, nem a autoridade, nem o poder têm importância. A aparência não é nada. Respeitável, o corpo sensível é o grande e precioso veículo da alma. Quando conhecer um ser humano, fique atento à sua luz, quente ou fria, brilhante ou encoberta. Contemple a capacidade que ele tem de sofrer e de amar. Entre em contato com sua alma. A alma é tudo.

o espaço

Quando seu espírito estiver massacrado de preocupações, dê Espaço a ele. Imagine seu bairro, todas as pessoas que moram lá, depois sua cidade, e depois o país inteiro, o continente. Pense no mar ao longe, seus litorais diversos, sua imensa extensão, cada onda, cada cardume de peixe, a profundeza das fossas marinhas. Olhe o céu. Veja os céus de todos os horizontes e de todas as perspectivas desfilando lentamente em seu espírito. Imagine o centro incandescente da Terra, seus quilômetros cúbicos de rochas em fusão. Saia agora da órbita terrestre e olhe para o nosso planeta de longe, o sistema solar, depois a galáxia. Considere a alma de cada criança desde que o homem existe e o despertar de cada uma delas para a imensidão do mundo, em seu próprio cosmo, em sua língua, ambiente e religião. Pense agora que cada alma humana envolve seu próprio mundo e que há portanto tantos mundos quantas almas. Suponha que as almas dos mais sábios forjam uma idéia da alma dos outros e que o reflexo de uma alma na outra multiplica o mundo ao infinito. Contemple a soma incalculável de prazeres e de dores sentidas por todos os seres sensíveis desde a primeira célula. Considere o último dia, o último segundo daqueles que também já foram crianças um dia. Medite sobre as causas e os efeitos, sobre a interdependência, a interpenetração, a reciprocidade e a grande unidade. Reduza suas preocupações a proporções mais justas.

* * *

"O Espírito" é o meio e a substância de tudo. Poderíamos dizer também: "O Amor" ou "A Luz" ou "O Espaço".

* * *

Quando passeamos no campo, o canto de um pássaro no céu, o mugido de uma vaca embaixo no pasto, o ruído de um trem que passa lá longe despertam nossa sensação de espaço. Assim como cada som pode contribuir para construir a sensação do espaço físico, cada pensamento, cada palavra pronunciada, cada ato realizado também pode provocar uma sensação de espaço. Que espaços são pontuados por uma palavra, um ato?

Fique atento ao espaço entre as coisas, o espaço onde elas surgem, o espaço que acolhe, o espaço para onde as coisas retornam. Nada existiria sem o espaço. Todas as coisas são modulações, vibrações, colorações do espaço.

Somos infinitamente férteis desses recursos ilimitados que são o espaço, o silêncio e a energia, três nomes para uma mesma realidade.

Para o tato, temos o espaço. Para a visão, temos a luz. Para a audição, temos o silêncio. Para o espírito...

* * *

O mal é tudo aquilo que faz germinar os venenos do espírito. Tudo o que solidifica os conceitos e reforça a ilusão em vez de torná-los fluidos. Tudo o que vem obstruir, congelar, atar *o espaço* em vez de aclará-lo e deixá-lo se expandir livremente. Observe seus comportamentos e os daqueles que o cercam. Quando o espaço se enche, se obstrui? Quando o espaço se abre? Quando os venenos do espírito são estimulados, multiplicados? Quando são dispensados?

Observe cuidadosamente: quem, como o quê *ocupa* o espaço? Quem, como o quê *libera* espaço? E você, o que faz?

Quando a cobiça e a agressão se afastam, o mundo aumenta.

* * *

Escute o espaço entre as palavras, o silêncio que dá peso aos vocábulos e permite que o sentido atinja a alma. Pouco importa quem fala, se você ou outra pessoa. Não substitua tão rápido uma palavra por outra. Deixe um espaço depois de cada sentença. Toda palavra é uma modulação, vibração, coloração do espaço do sentido. Ondulação do silêncio.

Treine-se a escutar sem nada dizer. Não responda nada, nem mesmo mentalmente. Escute simplesmente. Escute de verdade. Interrompa o movimento incessante, automático e vão dos pensamentos.

Deixe o outro com a última palavra. Não tenha sempre uma explicação. Deixe as questões abertas. Aprenda a não preencher imediatamente a falta, o silêncio, o espaço.

Quando recusamos ter a última palavra, deixamos o espaço surgir.

* * *

Deixe um branco.

* * *

Quando relaxamos, o espaço se expande.

* * *

O espaço é o meio da presença.

* * *

Estamos constantemente evoluindo no seio da rede de associações de nossos pensamentos. O que vemos, ouvimos e sentimos se relaciona por um laço associativo com a passado de nossa experiência. Sempre e só escutamos com nossa própria história. Escutar de verdade é descobrir, ver, sentir, *o espaço* entre os nós e os laços de nossa freqüente rede mental. Será que somos capazes de contatar o fundo sobre o qual se destacam nossos pensamentos, nossos reflexos mentais, nossas associações? Será que podemos passar os dedos entre os nós da rede? Em vez de correr sem cessar de uma malha para a outra, distendamos nosso espírito até que ele se torne presente no espaço intersticial, onde sempre esteve.

Corte os laços associativos que ligam as idéias, as representações, as emoções. Pare de cavar os mesmos buracos. Deixe o espaço mental "se refazer" como a terra descansando depois de cultivada. Que os pensamentos que lhe venham em meditação não reforcem as antigas associações, não criem novas, não engatem nenhuma ação, nenhum hábito. Afrouxe a rede das rotinas mentais.

Interrompa as associações mecânicas entre os seus pensamentos. Jogue com o automatismo mental.

* * *

A lentidão traduz o espaço no tempo. Com efeito, uma das melhores maneiras de conservar a consciência plena, ou a vigilância, é pronunciar cada palavra, realizar cada gesto, pensar cada pensamento, *lentamente*, seguindo o ritmo tranqüilo. A rapidez, agressiva, agita a superfície una do lago da calma presença. Ela perturba a paz e a clareza do mundo. A pressa quer preencher o espaço em vez deixá-lo respirar, em vez de *nos* deixar respirar.

Longe da pressão e da urgência das paixões, distante das engrenagens fechadas e claustrofóbicas do sofrimento, o espaço aberto entre nós e nossos pensamentos, o espaço deixado livre entre nós e os outros estabelece os fundamentos da paz.

* * *

Somos fundamentalmente bons porque *somos* o espaço incondicional, o vazio acolhedor.

Toda magia, toda energia, toda possibilidade de movimento, toda *bondade fundamental* vem do espaço.

Ser feliz é sentir que existe um espaço para si.

Ser bom é deixar ou mesmo abrir um espaço para os outros.

O espaço é o amor entre as coisas, a reciprocidade de todos os seres.

O vazio se experimenta a cada segundo na identidade absoluta de si e do mundo.

* * *

Estamos habituados a classificar tudo o que vemos em termos de forma e de fundo. Ter um corpo, respirar, usar nossos sentidos, perceber, pensar, compreender, umas das tantas atividades que relegamos no "fundo" para só nos interessarmos por algumas formas se destacam dessas atividades. Do mesmo modo, a existência do mundo é um dado de fundo que negligenciamos com freqüência para centrar a atenção na ausência ou na presença de um ou outro objeto. A sabedoria consiste em retornar ao fundo, ou ao espaço, de que todos se beneficiam, e gozar dele, mais do que se prender à forma transitória que as situações e os acontecimentos ganham.

Estar vigilante é não deixar a atenção bloqueada no acontecimento, na sensação ou no pensamento corrente e, sim, manter contato com o fundo, o desenho de conjunto, o contexto, o ambiente e, no fundo de tudo, *o espaço*.

As figuras se formam sobre um fundo parcial (emocional, por exemplo) que é ele próprio figura sobre um fundo mais profundo, e assim sucessivamente, até que, por fim, se atinge o fundo primordial, o espaço indiferenciado, o vazio, que estava lá desde o início.

Mil outras figuras possíveis poderiam se destacar do fundo. O fundo é uma reserva inesgotável de figuras.

Ser sábio é prestar atenção no *fundo*, lá onde, na maior parte do tempo, só prestamos atenção na *figura* (que se destaca do fundo).

Sobre que fundo se destacam nossos pensamentos e nossas emoções?

A imaginação criadora passa pelo fundo.

O despertar nos liberta de toda figura congelada, da oposição entre forma e fundo, para nos pôr em contato com a imensa energia do fundo, do espaço ou do vazio, que é virtualidade infinita de formas.

* * *

Despertar é se desprender da causalidade. Quando recuperamos o incondicional, o não-nascido, a imobilidade absoluta do espaço luminoso onde todos os fenômenos são apenas reflexos instáveis, a causalidade perde qualquer poder sobre nosso mundo.

* * *

As almas são bolhas frágeis, irisadas, transparentes, que se refletem umas nas outras e cuja verdadeira identidade é o espaço que todas elas compartilham.

* * *

Não te ates.
Não rejeites.
Deixa os conceitos.

Vê as coisas tais como são.
O espaço se abre.

Tudo está em ti
Tu estás em tudo
Nada te falta
Nada te agride
Não há mais nenhum obstáculo

a luz

O espírito é "agora".

Somos o espírito e tudo é espírito sem que possamos fixá-lo, descrevê-lo, explicá-lo ou dominá-lo.

Impossível descobrir o espírito. Não é um fenômeno, tampouco um sujeito, um objeto, ou um conceito. A realidade absoluta, a consciência disseminada por todo o espaço, não é nada que se possa conceber, imaginar ou perceber.

Inútil procurar o espírito. Ele não está em nenhum lugar e está em toda parte, o próprio ato da busca é revelador: nós só o perseguimos porque não temos nenhuma explicação. Se você encontrasse o espírito, só seria mais uma ilusão, uma nova produção do espírito. Pare de procurar. Seja. Adira à experiência. O espírito é a grande igualdade de todos os fenômenos.

O espírito está aqui, atrás de seus olhos, diante de você. Ressoa nesse som. Vibra nessa sensação. A luz é tudo o que aparece.

Tudo o que aparece é luz.

* * *

A luz já está aí, agora. É a experiência bruta do instante. Todo pensamento a oculta. Toda finalidade vira-lhe as costas.

Quando deixamos de querer obter algo, quando nos contentamos em estar presentes, sem medo, diante daquilo que é tal como é, sem a sombra de um desejo de manipulação, abrimos espaço para que a bondade fundamental, incondicional, da existência por fim se manifeste.

* * *

A consciência é absolutamente impessoal e está disseminada em todo o espaço.

Quando pensamos, congelamos o mundo externo, nos separamos dele. Transformamos conceitos, delimitações práticas em substâncias. Viramos nós mesmos uma coisa, uma imagem. Mas podemos parar de pensar e nos voltar para a luz da consciência, para a presença da vida, aquilo que ilumina e cria as imagens. Fiquemos atentos, segundo após segundo, ao fluxo de experiência, à inesgotável fonte de energias que jorra da consciência.

Cada percepção, emoção ou pensamento manifesta a magia da existência. A única coisa real é o imenso tecido móvel e colorido do fluxo de experiência. Uma mesma corrente de vida atravessa todos os seres. A existência é infinita e, no entanto, simples, tão comum! Sejamos plenamente vivos, presentes, perfeitamente atentos ao esplendor do espírito, à luz da consciência que ilumina a mais humilde de nossas experiências. E não dizemos que aqueles que souberam admirar a existência se tornaram seres *iluminados*?

* * *

Quando os antigos olhavam para o céu à noite, imaginavam que as estrelas eram pequenos buracos por onde se podia vislumbrar o fogo gigantesco e brilhante para além da abóbada celeste. Suponhamos agora que exista uma reserva de luz infinita e que nossa existência pessoal seja um minúsculo orifício na parede do reservatório.

Cada pequena abertura projeta uma vida, uma experiência particular. Todas as existências são manifestações da mesma luz. Cabe a nós escolher: ou nos dirigimos para o exterior, para as imagens variáveis projetadas na tela de ilusão, ou orientamos nossa atenção para a luz original, que tudo produz.

Cada um de nós é um raio da mesma luz. Tocamos todos o seu centro. *Somos* o centro.

Conheça a si mesmo. Você entende agora o sentido desta injunção?

* * *

Somos todos e todas centelhas do fogo divino.

Reconheça cada ser sensível como um irmão ou uma irmã de luz.

Que importa se vamos morrer?! A luz nunca morre. Outros seres sentirão e manifestarão a clareza impessoal do ser.

Este tempo e este espaço só existem neste sonho. A luz essencial está além dos tempos e dos espaços. Ela nunca nasce e nunca morre. Ninguém nasce nem jamais morre.

Volte-se para o fogo central onde cada alma é uma centelha.

* * *

Não pense no espírito em oposição à matéria. Pense nele unicamente. Não há senão o espírito. Todo o resto é ilusão.

O espírito é impensável. Não é você que pensa o espírito, mas, sim, o âmago do não-pensamento que pensa você.

Todos os instantes de consciência são emanações temporárias do espírito. Existe um mundo diferente para cada consciência e mesmo para cada estado de consciência. O único mundo real é o espírito total. Todos os instantes de consciência e sua fonte-oceano: o espírito.

O espírito não é uma substância mas o surgimento e o desaparecimento do instante. A dança da poeira num raio de sol. O desejo que nos invade. O sofrimento crescente da cidade grande.

Você acha que entendeu o que acabei de dizer. Mas só entendeu mesmo se tiver se despojado de todo egoísmo. O egoísmo é não conseguir perceber lá no mais íntimo que o espírito pessoal é uma ondulação do espírito, exatamente como os pensamentos são ondas de consciência. É a mesma água do espírito que está no fundo de cada percepção, de cada pensamento, de cada mundo e do único instante presente.

* * *

A luz emana de toda parte e não de um sol único. Amar é concentrar essa luz.

"Não faça com os outros o que não gostaria que fizessem com você" resume tudo. Tratar *o outro* como se ele fosse *si* é uma conseqüência prática de sua identidade. O outro *é* si. Eu, o outro, o que importa? Trata-se da mesma sensibilidade, da mesma consciência impessoal, da mesma vida em circunstâncias diferentes.

A tristeza gira em torno do ego, vem do orgulho, da sensação de pobreza, da comparação do que temos com o que imaginamos merecer. Será que a tristeza duraria muito tempo se olhássemos mais para os outros? A alegria, ao contrário, coloca Deus no centro, a riqueza infinita da providência, a fonte abundante da existência no instante.

Deus não é um agente, uma causa, mas uma qualidade dançante, evanescente, da existência. O surgimento da presença.

Deus é o centro de seu ser, o mesmo centro de todos os seres sensíveis.

O logos é comum e, no entanto, os homens vivem como se cada um tivesse sua própria inteligência.

Heráclito, *fragmento 2*

* * *

Toda palavra sobre Deus, o amor ou a luz deve ser entendida segundo o modo analógico, uma analogia que vai sempre além sem que haja termo de analogia.

O Uno está sempre presente para quem pode tocá-lo, ausente para quem é incapaz de alcançá-lo.
Plotino, *Tratado IX*, 7. 5-6[2]

Dizer "Uno" ainda é um antropomorfismo, talvez o pior deles.

Cada vez que examinamos um conceito, sabemos o que não é a Luz.

* * *

Temos dois inconscientes. Aquele que Freud descreveu e aquele que nos faz comunicar com a Luz. Há, portanto, duas psicanálises, a que todo mundo conhece e aquela de que quase ninguém fala. A das associações infinitas e a do silêncio do ego.

* * *

Todas as almas convergem para a presença da presença e para a consciência da consciência; presença em nada mais do que si e consciência da pura presença que é o centro de toda alma, idêntica em toda parte, e que os místicos chamam de Deus, ou o Uno, ou a Vida.

A conversão é o movimento inverso da projeção. Nesse instante, o todo se reintegra na consciência, a experiência reflui para a unidade e a solidão da alma.

O instante é o lugar da luz.

---

2) No original, o autor esclarece em nota que esta citação foi traduzida para o francês de Pierre Hadot. (N.T.)

* * *

A luz da consciência está disseminada em todo o Espaço interior e exterior.

Todos os recônditos do mundo, interior ou exterior, quaisquer que sejam sua forma, sua cor e sua textura, são feitos do mesmo tecido luminoso e vazio.

Você é a aurora do despertar, nova a cada segundo. Você é a consciência da consciência, imóvel, imutável. Você é a luz que ilumina tudo o que muda.

a felicidade

Os bons e maus aspectos da existência pesam alguns grãos de areia. A consciência que os ilumina, dez mil sóis.

O simples fato de viver já é a felicidade suprema.

Cada segundo é sagrado.

Já somos felizes.

A ignorância é tudo o que nos distrai desta experiência.

A ignorância é a origem de todos os males.

* * *

Você acha que para ser feliz precisa disto ou daquilo... Mas você só precisa mesmo de uma coisa: apreciar plenamente a imensa sorte de viver.

Quem o convence de sua pobreza, falta, necessidade, inferioridade ou derrota, o distrai da felicidade suprema de que você já desfruta.

Falta-lhe algo? Deixe para lá. Renuncie. Abandone *tudo*. Você ficará mais leve.

O simples fato de viver já é a felicidade suprema.

* * *

Quando nos apegamos ou nos prendemos ao que quer que seja, nos aprisionamos. Quando renunciamos ou relaxamos, nos emancipamos. Somos nossos próprios carrascos, nossos próprios redentores.

Encontrar a fraqueza de cada um é a arte de manipular as vontades e de fazer os homens se voltarem para o objetivo daquele que manipula. O que conta aí é mais destreza do que decisão para saber por onde penetrar no espírito de cada um. Não há vontade que não tenha sua paixão dominante, e essas paixões são diferentes segundo a diversidade dos espíritos. Todos os homens são idólatras, uns da honra, outros do interesse, e a maioria de seu próprio prazer. A habilidade então está em conhecer bem esses ídolos para entrar no ponto fraco daqueles que os adoram: é como guardar a chave da vontade do outro. É preciso atingir seu primeiro impulso. Ora, nem sempre é a parte superior, trata-se na maioria das vezes da parte inferior, pois, neste mundo, o número daqueles que se desregram é bem maior do que o daqueles que não se desregram. É preciso primeiro conhecer o verdadeiro caráter da pessoa, depois medir-lhe o pulso e atacá-lo em sua paixão mais forte para que, no fim, estejamos seguros de que ganhamos a partida.
Balhasar Gracian

Àquilo a que mais nos apegamos ou talvez aquilo que nos é mais difícil ou mais problemático: o sexo, o dinheiro, uma certa idéia de que temos de nós mesmos, eis justamente o que nos subjuga, o que nos faz sofrer, o que nos deixa vulneráveis. Nosso "ídolo", o pretenso "essencial", eis precisamente nossa fraqueza. Compreendamos que o que valoriza uma vida humana é o fato de ela ser uma vida humana e nada mais, nada de particular, nenhum "valor" especial. A jóia mais preciosa é a vida humana e seu brilho atravessa cada instante de nossa vida, brilha em cada segundo.

Renuncie a tudo e você não terá medo de mais nada.

* * *

Você não quis nada Disto, e é isto que acontece, continuamente. Não quis nem mesmo sua vontade. Então que sua vontade acabe de vez, e Isto virá a ser a sua vontade.

* * *

Respiro. O que mais pedir?

Desejamos o que está fora de nosso alcance, justamente fora de nosso alcance, qualquer que seja a amplidão de nosso alcance. Para ser feliz, bastaria que dirigíssemos a atenção para o que já somos.

Se queres enriquecer, diminua teus desejos.

Epicuro

Cada um de nós está suspenso entre dois infinitos: a extensão sem fim daquilo que não se tem e a perfeição absoluta daquilo que já se tem. Em qual desses dois infinitos você vai se perder?

Quer saber o segredo da felicidade eterna? Ei-lo: você já o possui.

* * *

Cada respiração é um milagre. O que dizer então da opulência dos perfumes, do esplendor da luz?

Há na vida certamente altos e baixos. Mas todas as facetas da existência fazem brilhar o mesmo diamante.

Aborrecimentos? Misérias? Trágicas desventuras? Mas o filme continua! O filme extraordinário da *consciência*.

A felicidade suprema é sentir o gosto da existência, aqui e agora. Partilhamos todos igualmente desta felicidade. Quando percebermos isso, passaremos naturalmente a nos amar e a nos honrar uns aos outros.

* * *

Quando você deixar de depositar sua felicidade em uma figura saliente qualquer e passar a se fixar no *fundo* sobre o qual todas as figuras se destacam, será finalmente feliz (e perceberá que sempre foi).

Você não é feliz porque é assim ou assado, nem porque tem tal ou qual perfeição. Você é feliz simplesmente porque é feliz.

O simples fato de viver já é a felicidade suprema.

* * *

As ondas de temor e de esperança nascem e morrem. Os reflexos dos fenômenos brilham e no instante seguinte se apagam. As profundezas do lago permanecem azuis, puras, imóveis.

* * *

Viver-morrer
Velar-dormir
Tudo é igual
Tudo é bem.

Este livro terminou
de ser impresso no dia
15 de maio de 2000
nas oficinas da
Associação Palas Athena
em São Paulo, SP, Brasil.